Paolo Signorini

NEL VORTICE
DELL'ESTASI ASSOLUTA

Youcanprint *Self-Publishing*

Titolo | Nel vortice dell'estasi assoluta
Autore | Paolo Signorini

ISBN | 978-88-91191-27-4

Youcanprint Self-Publishing
Via Roma, 73 – 73039 Tricase (LE) – Italy
www.youcanprint.it
info@youcanprint.it
Facebook: facebook.com/youcanprint.it
Twitter: twitter.com/youcanprintit

INDICE

PREFAZIONE

Un inno all'arte in tutte le sue sfaccettature: tanto l'espressività di stati d'animo e della propria creatività e l'apprezzamento condiviso, quanto la mancanza di ispirazione, l'insoddisfazione, la precarietà emotiva. Il volume dà propriamente voce all'azione a tutto tondo della musa ispiratrice. Essa governa azioni e gesti degli artisti, fornisce strumenti espressivi ma può anche abbandonare a se stessi.

È la storia di Marco, pittore, quella che riempie le pagine del volume, tra gli alti e i bassi della sua carriera e i sentimenti di affetto per chi gli sta accanto.

È un intrecciarsi di emozioni, ispirazioni, decadimenti e risollevazioni in cui si snoda la vicenda. Tante le zone di ombra di cui il lettore è messo a conoscenza ma senza la possibilità di individuare chiaramente gli accadimenti e il svolgimento comprensibile degli eventi.

È una scrittura intensa e decisa che ben accompagna lo stile con cui l'artista protagonista compone le sue tele, ispirato, intenzionato a trasporre in linee e in colori le emozioni e i pensieri che si affacciano nel suo animo.

È il modo di fare di chi è in estasi e non vede altro fuorché la trasposizione di ciò che ha dentro, guidato tanto nell'arte quanto nella scrittura, dall'ispirazione, in una sorta di tranche artistica, una vera e propria estasi. Ben diverso dalla costruzione di un'opera artistica o di un testo ad uso del consumatore e del mercato, guidato da tecniche di marketing e pubblicitarie.

I paesaggi e le città della Toscana ben posano nella scenografia del testo, che fa rivivere gli artisti rinascimentali, le vie, i ponti e le campagne fiorentine, e la grandiosità degli Uffizi, intesi anch'essi come elementi che nutrono l'ispirazione dell'artista. Scenari che si uniscono a quelli di Parigi, a Montmartre ma non solo, in richiami che sembrano ricordare la "Generazione perduta" degli anni Venti parigini raccontata recentemente anche nelle immagini girate da Woody Allen. Più degli uomini, sono proprio tali scenari che conducono Marco in estasi, inserendolo ossia in quel vortice di colore dal quale non avverte nient'altro fuorché l'espressione artistica. Né i bisogni materiali di essere umano, né altri elementi possono scuoterlo: così è per Marco come per il suo maestro Nando Venanzi, così è per chiunque senta la voce della sua entità ispiratrice e si lasci avvolgere in questo vortice di estasi assoluta.

CON LA MUSA NEL VENTO

Raggomitolato in un angolo della stanza nel suo maglione sdrucito, con una sola manica, come un topo, alla ricerca di un riparo dal freddo. La finestra, o quel che ne restava, sbatteva, colpita da raffiche di neve ed a completare il tutto, il sonno, che si faceva sempre più audace.

Solo il pensiero di morire senza aver terminato il suo lavoro lo teneva in vita. Già il suo lavoro!

Il quadro che stava ultimando, per fortuna, era riparato dall'unica coperta rimasta, le altre erano servite ad alimentare a pezzi il fuoco nella caldaia, ormai solo memore di un tempo in cui accoglieva legna da ardere.

La figura slanciata della donna nuda, che stava dipingendo, catturava la sua mente labile e lo trascendeva nel mondo del colore e della plasticità dov'essa era dipinta; ogni oggetto non aveva una forma definita né tantomeno un'ombra da cui fuggire.

L'assenza di staticità imprimeva una sensazione di benessere e di fuga dai sensi conosciuti.

Il corpo della donna fuoriusciva dal dipinto, gli si avvicinava, lo abbracciava ed in un lento addivenire i due si innalzavano verso un vortice che evidenziava il loro moto con le pieghe dei colori.

Dal giallo, al rosso, al viola, al blu, passando per le variazioni cromatiche di ogni tono, per terminare nel bianco assoluto.

La finestra continuava a sbattere nonostante la bufera fosse terminata, lasciando un cielo a tratti spruzzato di un tenue giallo.

Marco non occupava più l'angolo della stanza, al suo posto, abbandonati, i pochi indumenti che il giorno prima indossava.

La finestra continuava a sbattere, quasi a richiamare l'attenzione di chicchessia verso quel corpo nudo, ripiegato su di sé, nel cortile tra le cataste di immondizia, ormai abbandonato dalla vita.

O forse continuava a sbattere per salutare l'arte di Marco che era fuggita nuda in compagnia della sua musa verso lidi dove la creatività darà finalmente pace alla metamorfosi della forma e del colore.

O forse stava solo sbattendo per richiamare un nuovo inquilino a fargli compagnia.

LA RICERCA

"Maledetta finestra! Tu vedi il mio corpo esangue ma la mia essenza è ancora presente. Non ho più il dominio della materia per dipingere, il colore mi ha ormai rapito e di esso son parte indissolubile. Mi dispiace solo di non averti chiuso prima di lasciare per sempre le mie spoglie." Marco volteggiava incorporeo, gustando il suo stato di leggerezza senza cercar di capire il perché.

La porta d'improvviso si aprì ed un poliziotto entrò con fare circospetto seguito da alcuni colleghi guardinghi e curiosi di ciò che li aspettava in quell'angusta stanza.

Il corpo di Marco era stato rinvenuto nel cortile e si cercavano spiegazioni sull'accaduto, ma appariva tutto chiaro alle forze dell'ordine: un suicidio dovuto alla rinuncia ad una vita di povertà.

"Il caso verrà chiuso in un battibaleno."

Mormorava il maresciallo Clemente all'attendente Franceschi.

"Vediamo se troviamo dei documenti d'identità, informiamo la famiglia, chiamiamo gli addetti ai lavori per poter rimuovere il corpo."

L'attendente sembrava assorto in altri pensieri.

"Muoviti Franceschi, lascia stare quella coperta che è piena di pulci e..., ma nasconde qualcosa! Ehi è un dipinto, mica male, guarda che bello quel vortice che termina in un punto bianchissimo, ti rapisce e ti fa girare la testa come se il tuo corpo ne facesse parte direttamente. Wow! Che bello assaggiare i colori e sentirne i gusti diversi, senti che suoni meravigliosi che hanno. Vieni anche tu Franceschi..."

L'appuntato stava praticando il massaggio cardiaco al maresciallo Clemente, riverso sul pavimento, ma il cuore non sembrava rispondere ai suoi sforzi.

"Che strano!" pensava Franceschi, "Sembrava che l'immagine lo risucchiasse...! Ma ...!"

Le richieste di aiuto fecero accorrere i colleghi che chiamarono prontamente i soccorsi.

Tutto faceva presagire che il maresciallo avesse avuto un infarto, gran fumatore e patito della forchetta, con i suoi 60 anni c'era da aspettarselo.

"Scusi signore, lei che ci fa nel mio quadro con quel vestito così scuro, da Carabiniere?" dice Marco al nuovo arrivato dentro al suo dipinto.

"E lei che se ne va in giro nudo, sa che la devo arrestare?"

I due continuavano a guardarsi ed a volteggiare sempre più velocemente, sempre più elastici , sempre più colorati ed indefiniti, in un vortice alato dove gorgogliava il niente.

Il quadro cambiava tonalità fino a raggiungere il color blu oltremare.

Franceschi oltrepassò il confine invisibile del colore e scomparve alla vista di Marco, che continuava a volteggiare.

La finestra non sbatteva più.

Marco si sfaldava in grigi e terre bruciate disperdendo i suoi ultimi pensieri d'artista.

"Non c'è solitudine neanche qui! La libertà è negata anche nel non essere!"

Il suo volo si faceva sempre più concentrico, le pareti si stringevano intorno a lui, sempre più scure.

La paura lo mordeva come un cane rabbioso, il nero si stava impossessando di lui. Il nero! Ciò che la sua mente artistica rifiutava a priori. Il nero, dove tutto si assorbe e dissolve. Il nero, dove la sua vita di sogni e colori non lasceranno storia. Urlava con tutta

la sua forza. D'improvviso il colore tornava a risplendere di luci
e sfumature in un vortice viola.

REALIZZATO

Il vortice viola lo adagiò con dolcezza ai margini della spalletta di un fiume con le sembianze fisiche di un giovane ragazzo, senza ricordi ne rimpianti.

Aveva ancora il suo zaino e gli abiti con i quali era andato a scuola, ricordava del compito di ragioneria che stava completando e poi più niente.

Ogni sforzo risultava vano, la sua memoria aveva cancellato una parte di vita trascorsa da poco, non riusciva a capacitarsi di ciò, si perquisì fisicamente credendo di aver battuto incidentalmente la testa ma niente, non trovò una spiegazione plausibile.

Cercò di riconoscere i luoghi dintorno a lui e le cose non migliorarono. Ascoltò vicino a sé parlare una coppia di anziane signore "I bimbo un dové? Che la su mamma lo vole" "Un lo so mica, e gl'era vi!" e poi altri passanti che parlavano lingue straniere, ed il passo accelerò lungo viuzze affollate.

Poi arrivò l'inaspettata visione del Ponte Vecchio, si sfregò gli occhi e credette di sognare, ma no, era tutto vero: illuminato e magnifico gli si stagliava davanti affollato di turisti e venditori di ogni genere. "Cristo Santo, sono a Firenze, ma come ci sono arrivato?! Avrò fatto brucia a scuola e poi? Forse mi hanno drogato? Ma perché non ricordo niente?" Un orologio di un campanile batté le ore, i suoi occhi videro che segnava le 10 di sera, si frugò in tasca in cerca dei soldi che per fortuna c'erano.

La fame prendeva il sopravvento su ogni altra scelta di spesa, si avvicinò ad un venditore comprò un panino con il Lampredotto, una birra e si sedette sulla spalletta dell'Arno a gustarsi la specialità. Molte altre persone gli fecero compagnia lungo le sponde del fiume, chi mangiando, chi bevendo, chi raccontando storie a ragazze affascinate, chi a testa china pensando ai fatti suoi.

La sua mente immaginò quel luogo nell'Ottocento, frequentato da artisti e nobili che si scambiavano convenevoli, riportò alla memoria la vita dei poveri e dei mendicanti, le botteghe dove gli artigiani lavoravano il legno o tessevano la stoffa. E poi gli si prospettò davanti il ricordo dei Priori nella sua magnificenza e superiorità. Il panino era finito ed anche i sogni; adesso era ora di pensare al presente.

Decise di telefonare a casa, trovò una cabina e compose il numero ed il prefisso di Livorno, la sua città; rispose la madre che sembrava impazzita: "Marco, dove sei? È tutto il giorno che telefono a tutti quelli che ti conoscono e adesso stavo per telefonare ai carabinieri."

"Mamma sono a Firenze e non mi chiedere perché, mi sono risvegliato qui, come se avessi perso conoscenza. E non so come ci sono arrivato." "Non raccontare fesserie che problemi ne abbiamo abbastanza, se volevi andare a Firenze perché non lo hai detto?"

"Mamma non ci volevo venire, mi ci sono risvegliato da uno stato di incoscienza." E la mamma: "Ti sei drogato! Torna subito a casa che poi facciamo i conti. E adesso chi lo sente tuo padre?" Marco pensò a cosa rispondere poi:" Hai ragione digli che sono da un amico a dormire e torno domani, ok?"

"Va bene, ma stai attento non fidarti di nessuno e non fare strane amicizie, ciao." Il problema più impellente era risolto, adesso doveva contare i soldi.

Aveva 26 mila lire, sufficienti per il biglietto del treno e per qualche vizio. Lo zaino, ecco cosa poteva aiutarlo a ricordare. Lo aprì e con somma sorpresa dentro vi trovò solo colori ad olio, pennelli, una boccetta di olio di lino, un barattolo di acqua ragia e uno straccio per pulire i pennelli.

La sua meraviglia fu grande, pensava che contenesse libri e quaderni ed invece. Ebbe il dubbio che gli avessero scambiato lo zaino, ma era proprio quello, era personalizzato con dei disegni e dei monili che ben conosceva perché erano regali della sua ragazza.

Ed allora avevano rubato i libri, ma perché mettervi l'occorrente per dipingere che costava certo di più. Mentre era attanagliato da questi pensieri gli si avvicinò un uomo che sorridente gli porse la mano: "Buonasera Marco, vedo che sei arrivato in orario. Bene, adesso andiamo alla galleria, poi ti porto a visitare il tuo nuovo studio dove avrai modo di creare in santa pace le tue tele e poi, se non é troppo tardi, facciamo un salto a mangiare qualcosa."

La meraviglia ebbe il sopravvento su Marco, dopo aver salutato si incamminò, incuriosito, a fianco dell'uomo.

Fu quando si trovarono alla galleria che scoprì il nome del suo accompagnatore; vi erano dei manifesti che lo raffiguravano con sotto scritto - L'ARTISTA VENANZI - e questo lo riportò indietro nel tempo quando, oltre ad aver apprezzato le opere di questo grande pittore contemporaneo, aveva anche sperato di far parte del suo entourage per poter apprendere da lui e collaborare nell'allestimento di eventi pittorici.

Gli sembrava tutto un sogno ma era realtà, come reale fu la visita al piccolo appartamento vicino a Palazzo Vecchio dove avrebbe abitato e dipinto. Una cucina piccola, ma ben attrezzata, un bagno e una camera ultra moderni ed una grande stanza con un ottimo impianto luci, un divano, impianto stereo e tutto il resto occupato da due cavalletti, tavolo da disegno, colori e pennelli. Sembrava lo studio di un pittore affermato ed invece era il suo.

Gli iniziarono a tremare le mani, egli non era che un pittore in erba e non poteva permettersi tutto ciò, ma peggio ancora, non sentiva la capacità artistica dentro di sé, era solo pieno di paura.

Tornarono in strada e nonostante tutto Marco appariva tranquillo e forte di questa situazione. Era rimasto impressionato ma allo stesso tempo ammaliato dalla svolta presa dalla sua vita.

Cenarono scherzando su cosa facessero nell'Ottocento i pittori dopo cena...

Poi venne il momento di lasciarsi per andare a riposare, ma Marco aveva un nodo alla gola per non aver spiegato quello che era accaduto alla sua memoria. Si decise così a parlare davanti alla porta del suo nuovo studio.

"Vedi, Venanzi, io, per farla breve, mi sono ritrovato a Firenze senza sapere come ci..."

"Calma, Marco", disse Venanzi, "Adesso tu non ti devi preoccupare, devi riposare e domani affronterai in modo naturale la realtà. Sappi che questo disegno di vita che si sta realizzando ha dei complici, ed uno sono io. Forse nel susseguirsi degli eventi ne incontrerai altri, non so, ma li riconoscerai facilmente dopo che ti sarai riposato. Non ti preoccupare, rilassati adesso, ho già provveduto ad avvisare a casa tua che sei sotto la mia protezione e tuo padre e tua madre ne sono entusiasti, in quanto alla scuola ti ho fatto avere una esenzione premio dalle lezioni fino al termine dell'anno, adducendo che approfondisci studi letterari e storici presso il mio Museo e che ne farai una relazione da presentare l'anno prossimo. In fin dei conti mancano solo venti giorni alla fine della scuola, quindi un impegno di questo tipo é visto con estremo piacere dai tuoi insegnanti che, tra le righe, mi hanno fatto capire che sarai promosso con una media rilevante. Bene ci vediamo domani."

E si allontanò velocemente, lasciandolo lì, vicino ad una porta sotto una lanterna con l'espressione ebete e felice. La prima cosa che fece dopo essere entrato nello studio fu scegliere una tela e, posta su un cavalletto, iniziare a vederci nascere qualche immagine da dipingere. Poi prese i colori dal suo zaino: nonostante ve ne fossero molti sul tavolo, scelse di usare quelli. Era una lotta impari, tra la sua mente che fremeva perché la mano dipingesse un tratto e questa che, prima di farlo, era costretta a intingere il pennello nel colore. Ma fu una fatica premiata dal risultato finale inaspettato anche ai suoi occhi. Aveva dipinto con maestria "L'estasi della creazione", questo era il titolo che aveva scelto d'impulso alla fantasmagorica esplosione di colori dominata da una tonalità viola che infondeva solo a guardarla un'immensa felicità e rispetto: al centro appariva una figura dalle sembianze indefinite che con le mani e le ali aperte sorrideva e scintillava oro tutto intorno.

Si alzò dallo sgabello e si allontanò per guardarlo da ogni angolazione poi, soddisfatto del suo lavoro, lo firmò.

Erano passate quattro ore o poco più da quando aveva iniziato e sarebbe stato normale che riposasse un po' dopo una giornata così movimentata, invece prese una tela molto più grande e con lo stesso ardore dipinse l'atto secondo della creazione. La vegetazione era padrona della tela e ne usciva come un ammasso indefinito quasi volesse avvolgere lo spettatore che gli si parasse innanzi.

E poi via per ore ed ore: creò cinque tele in tre giorni senza mai uscire né toccare cibo, non si avvide neanche dell'alternarsi del giorno e della notte. L'ultima tela fu la più accurata: rappresentava l'uomo con forme e sembianze conosciute, nudo con l'acqua che gli lambiva le caviglie, intento a guardare la sua immagine riflessa nell'aria, tra un volo di alcioni nel cielo azzurro, quasi lui fosse materia e l'altro spirito del solito essere, ma da quel momento divisi per sempre.

Non credeva possibile che, alla promessa mostra di quadri, i visitatori avrebbero capito cosa significasse quel dipinto; ciò però non aveva importanza, a lui piaceva.

Era giunto il momento del meritato riposo e addormentarsi fu facile dopo essere riuscito a produrre tutto quel lavoro in modo soddisfacente per lui. Dopo molte ore si svegliò affamato e si avvide che qualcuno stava suonando alla porta, corse ad aprire: era il suo mecenate che sorridendo entrò e si avviò in cucina.

"Come vedi é facile dipingere, quando la mente ha chiaro il soggetto, la tecnica fa il resto. Adesso vediamo se sei riuscito nel tuo intento di mettere lo spettatore a parte delle tue visioni."

Marco rimase perplesso di quello che udì e rispose:

"Ma come fai a sapere che ho dipinto se dall'altra sera non ci siamo più rivisti?" "Ci sono molte cose che ancora non sai, ma io ti ho visto dipingere, dentro di me, solo che la mia visione non mi ha permesso di vedere anche le tue opere, quindi vorrei, se non ti spiace, ammirarle" rispose il maestro.

"Non devi ammirarle, ma devi guardarle con occhio critico e darmi dei consigli o dei suggerimenti, se vedi degli errori" disse Marco.

Espose le tele intorno alla stanza a seguire l'ordine logico che gli aveva assegnato. Passò un'ora poi due, quindi il maestro si volse verso Marco piangendo, lo abbracciò e gli disse: "Forse altri non capiranno cosa é racchiuso dentro queste tele, forse la critica non sarà mite con la tua arte, ma ci sarà chi sentirà forte un richiamo dentro di sé e dirà che sei riuscito ad emozionarlo. In ogni caso tu hai dipinto il colore che ti scorre dentro, sappi che quel colore non é per tutti. Adesso che hai dato al mondo devi anche prendere da esso, quindi siediti e mangiamo questo cibo che ho portato, poi andrò a scegliere le cornici. Se vuoi puoi venire anche tu, o se preferisci, puoi andare un po' in giro per Firenze visto che é un pomeriggio temperato."

"Hai ragione, ho bisogno di stare tra la gente, da solo. E per le cornici credo che tu sia molto più esperto di me nella scelta" rispose Marco.

Consumarono un pasto frugale ma abbondante e dopo Marco salutò e si incamminò senza meta tra i palazzi antichi.

Si sentì rinascere dentro come un bambino davanti ad un gelato in una calda giornata estiva quando trovò dinanzi a sé l'entrata del Palazzo degli Uffizi, entrò con una miriade di visitatori e vagò tra le varie gallerie ammirando l'arte che sprigionava ogni dove.

Poi, come in estasi, si diresse nel parco vicino tra alberi secolari e sedette su una panchina ad ammirare la vita festante di giovani bambini intorno a lui. La sua mente aveva già chiaro il soggetto della mostra futura, dopo la creazione dell'uomo, la sua evoluzione, il susseguirsi degli eventi voluti dalla specie fino a... no, non se la sentiva di dare al mondo la sua visione finale, adesso era tempo di pensare alla prima mostra e nient'altro. Stette ancora un po' a godersi il meriggio tra le urla dei ragazzini che giocavano a palla e le madri carine che lo osservavano incuriosite. Tornò al suo studio con la mente ed il corpo paghi della sensazione di benessere e pace che gli vibravano dentro. Venanzi era già di ritorno, con dei facchini aveva provveduto ad incorniciare le tele, adesso le stavano riponendo nelle custodie di pelle per trasportarle alla galleria.

"Qui siamo a buon punto, le cornici sono montate ed adesso portiamo tutto alla galleria. Che te ne sembra?" "Impressionante!" rispose Marco. "Sei stato velocissimo. Ma volevo fare una pergamena con un messaggio scritto da posizionare all'entrata della mostra, un'indicazione sibillina per i comuni spettatori e chiara per altri."

"Ottima idea" rispose Venanzi "Ho quel che ci vuole."

Chiamò al telefono il suo studio pregando il custode di cercare un tubo di plastica nero che era riposto nel magazzino, dietro ad una moltitudine di oggetti e che di lì a poco lo avrebbe ritirato uno dei facchini.

Poi dette disposizione al facchino e si girò verso Marco con un'espressione curiosa chiedendo "Cosa ci scriverai? Sempre sia lecito saperlo."

"Certo che é lecito, stai scherzando spero. Credo che in ogni caso la notte mi darà una mano a esprimere in modo giusto il mio pensiero, domani vedrai e come sempre dovrai dire la tua" rispose Marco.

Poi facendo strada ai facchini che trasportavano le tele si ritrovò in strada e guardò il sole che tramontava in fondo al Borgo

Santi Apostoli, Venanzi se ne andò con loro lasciandolo ai suoi pensieri.

Marco procedette senza meta in coda alla folla di turisti che non aveva occhi per ammirare quanto si prestava dinnanzi.

Giunse ad una galleria d'arte che esponeva i quadri di un pittore cinese ed entrò a curiosare. Rimase molto colpito dalla precisione e dalla tonalità dei colori, nonostante i soggetti fossero nature e paesaggi fantasiosi, fu molto affascinato da un particolare che l'artista aveva ripreso in ogni dipinto anche se in forma minima, il viola come punto di intersezione di luci ed ombre.

Non c'era una possibile spiegazione di tecnica pittorica in quanto alcuni punti dove il colore chiaro passava ad un'altra tonalità rosa e verde veniva interrotta dal viola quasi fosse una macchia o uno sfregio sulla tela, nonostante ciò il risultato finale era entusiasmante.

Marco prese un depliant della mostra per rifletterci più tardi, adesso aveva bisogno di camminare senza una meta precisa, con gli occhi bramosi di rimirare le bellezze che quella città gli riservava.

Incontrò sul sua cammino una vecchia Abbazia che conservava dipinti di Monaco, Luca Della Robbia e il Ghirlandaio. Proseguì pensando a quanto l'arte abbia sempre avuto bisogno di un mecenate per poter uscire dalle botteghe degli artisti ed essere mostrata al mondo intero.

Si ritrovò in piazza del Duomo con la sera ormai padrona delle vie, i lampioni e le vetrine illuminate gli ricordavano il mondo presente riportandolo alla realtà, ed al bisogno materiale di mangiare.

Quindi fece il giro del Duomo per rimirare il campanile di Giotto e poi si incamminò verso il suo studio per mettere a fuoco le idee con una bottiglia di Chianti rosso, un paio di fegatelli e del pane che aveva comprato presso una norcineria accattivante per strada. Mentre cucinava guardava fuor di finestra lo scorrere dei passanti e pensava alla sua situazione alla quale non si era ancora abituato.

Sarebbe stato fantastico vivere così ma certamente improbabile realizzarlo, avrebbe dovuto provvedere al suo sostentamento e Venanzi non lo poteva certo ospitare ancora a lungo. C'era la famiglia che avrebbe fatto pressione per il suo ritorno, c'era l'ultimo anno di scuola, la fidanzata e poi chi sa quanti altri ostacoli si sarebbero frapposti tra le sue abitudini ed i suoi desideri.

Ma c'era anche la voglia di andare fino in fondo alla sua scelta di vita, ormai aveva realizzato il desiderio di mostrare agli altri la sua arte, cosa che aveva sognato fin dall'infanzia quando disegnava su quello che gli capitava tra le mani con qualsiasi matita, facendo arrabbiare non poco le maestre delle scuole elementari che desideravano disegni a cornice di fiori nei quaderni mentre lui vi creava un'escalation di facce con le espressioni che andavano dalla rabbia all'ilarità.

Sorrise dentro di sé a quel ricordo e la mente ritornò agli anni in cui un sacerdote gli aveva messo a disposizione lo spazio per dipingere in cambio di qualche lezione ai bambini piccoli che frequentavano il suo doposcuola.

Le persone che conobbe in quella grande chiesa avevano storie diverse ma uniche nel suo genere, da atei ravveduti a militari di carriera convertiti alla pace, fino a donne innamorate pazzamente del prete.

Tornò alla realtà, vide il rotolo di pergamena poggiato su una sedia, ne annusò l'odore, quasi fosse un profumo ricercato, lo distese sul tavolo fermandolo con degli oggetti agli angoli e ne studiò le venature quasi gli parlassero.

Prese dal tavolo porta-colori un pennello con la punta lunga e flessibile poi si rivolse alla scelta del colore, non aveva dubbi: prese il viola. La sua mente cominciò a visualizzare ciò che desiderava fosse scritto e la mano eseguì.

"Continuo permutare di attimi,
Compagni del rigoglio del mondo,
Come massa di nubi leggiadre,
Troppo unite per esser distinte.
Ed io umile schiavo del tempo,
 Mi sorreggo su un tenue filo,
 Tra le rupi di amore e di odio.
 Sull'abisso del mio vano futuro.
 Ora guardo all'appiglio sicuro,
 Poi mi chino a scrutare il periglio,
 Ma di buio esso é rappreso,
Cerco, invano, di capire il da farsi,
 Ed in uno e nell'altro mi vedo,
Solo il filo decide il destino.
Orsù filo, decidi!"

Così aveva dato vita al suo pensiero più profondo dove si ri-traeva come un piccolo meccanismo di un ingranaggio gigante-sco che avrebbe terminato il suo corso vitale quando il guardiano del macchinario lo avesse deciso, per sostituirlo con uno nuovo. Si rendeva conto che il suo pensiero era molto pessimista esple-tando la divisione dell'essere materiale da quello spirituale, senza possibilità di scelta. Forse Venanzi non lo avrebbe approvato, era un pensiero troppo intransigente senza speranza alcuna ed il mondo aveva bisogno di speranze in continuazione. La tristezza lo pervase ed egli spense le luci e si appollaiò sul davanzale della finestra aperta ai rumori della gente ed alle luci di una Firenze che apriva il palcoscenico alla vita notturna.

Vedeva ragazze carine che passeggiavano da sole o in com-pagnia di amici allegri e pieni di vita al contrario di lui, che si sentiva triste e lontano, non dalle proprie abitudini né dai luoghi e dalle persone, ma qualcosa lo aveva abbandonato, dentro provava la scissione e l'allontanamento di una parte recondita ma incosciente di se stesso. Adesso percepiva la sensazione materiale dell'immagine che aveva dipinto sull'ultimo quadro che aveva preparato per la mostra. Adesso capiva cosa aveva effettivamente voluto rappresentare con la figura dell'uomo sdoppiata sul mare della vita e ne fu triste. Sotto di lui le persone vivevano i loro rari momenti di spensieratezza senza vedere il dolore che attanagliava Marco, né la sua immagine, afflitta. Venanzi comparve tra i passanti del borgo e Marco lo vide avvicinarsi velocemente alla porta dello studio posta sotto di lui, sentì ricrescere la vitalità dentro di sé e corse ad aprirgli.

"Buonasera nuovo uomo!"

Così gli si rivolse l'artista appena Marco si presentò innanzi a lui.

"Non é molto piacevole la sensazione che sto provando, però non sei certo venuto di corsa per ascoltare le mie lamentele esistenziali, vieni di sopra così vedrai la pergamena."

Venanzi non se lo fece dire due volte e cominciò a salire due scalini per volta con il fiato che ingrossava per le troppe sigarette e per gli anni, ma continuò. Si sedette su una poltrona davanti ai cavalletti ormai vuoti, Marco gli porse la pergamena, lui la srotolò lentamente leggendola con fare assorto. "Mi piace, è un po' come mi aspettavo, chiara ma solo a pochi. Per questo ti verranno poste molte domande dai visitatori, e speriamo anche dalla stampa, quindi preparati le risposte, non credo che tu sia in grado o che tu voglia dire a tutti la verità di quel che intendi." Marco passeggiava nervosamente e pensava al suo stato di poc'anzi, poi si sedette anch'egli sul divano e disse "Hai ragione, come sempre. Stasera lo farò, adesso sono molto confuso da questo stato d'animo a cui non sono abituato."

"Hai pienamente ragione ad essere confuso, quindi per allietare l'esistenza di quel nuovo artista che stai per diventare credo che sia meglio uscire ed andare a fare un giro verso nuove mete. Fidati di me, ti farò vedere cose che sposteranno la tua attenzione su temi diversi da quelli che ti ossessionano."

Così uscirono e si diressero presso la stazione dove era parcheggiato il furgone del Venanzi.

Uscirono da Firenze e percorsero un'ora di strada tra colline e paesini famosi per motivi diversi ma tutti legati all'artigianato, dalla lavorazione del cuoio ai tessuti, dalla creazione di mobili alle vetrine, dalla macellazione suina alla produzione di vini.

L'uomo al centro di una miriade di realizzazioni con tecniche moderne ma nate da tradizioni antiche.

Attraversarono Castelfiorentino, un paese con un passato manifatturiero e videro luoghi immersi nel verde dove turisti, in prevalenza stranieri, albergavano per poi trascorrere le giornate in visita agli innumerevoli borghi vicini.

Si fermarono ad un Bed and breakfast gestito da una signora che si mostrò molto gioviale, al punto che Marco pensava di averla conosciuta.

Il locale, ricavato da un vecchio casolare, aveva un immenso giardino con uno spazio occupato da pochi tavoli per coloro che volevano consumare un pasto in loco.

Fu la scelta dei due e visto che gli altri ospiti erano impegnati in varie escursioni, Nida, questo era il nome della proprietaria, gli cucinò degli arrosti di cacciagione e si accomodò con loro a cena

Era molto simpatica e molto aperta alla visione artistica che gli altri due avevano dei luoghi dintorno. Marco cercava di non sbilanciarsi troppo perché non voleva dare un'idea sbagliata di sé prima che la mostra di quadri non avesse dato il suo esito.

Venanzi era già molto conosciuto come artista e quindi risultava meno impacciato nel parlare dei suoi progetti e del suo passato artistico. Nida era entusiasta di avere una compagnia del genere, le ultime serate le aveva trascorse nell'attesa dei suoi ospiti, quasi sempre da sola od in compagnia del computer che le permetteva di navigare nel web e sognare luoghi e situazioni lontane.

Venne il bicchierino di vinsanto a chiudere la cena. Nida gli raccontò della sua vita di donna sola con due figli da crescere senza l'aiuto del marito, Marco rimase colpito dalla forza d'animo che lei sprigionava e, come attratto da un impulso irrefrenabile, prese dallo zaino un foglio bianco e cominciò a disegnare con le matite una scena dove una truppa di soldati che portava la bandiera Italiana subiva un'imboscata da un gruppo di partigiani in un canalone tra due colline, che Marco ricordava aver visto nel viaggio fatto in auto per recarsi lì.

Nida volle guardare il disegno e qualcosa la turbò al punto di portarla alle lacrime. Marco non sapeva più cosa dire o fare, capiva dentro di sé di aver provocato involontariamente quella reazione.

"Scusa se ho fatto qualcosa che ti ha turbato così, ma è stato del tutto involontario, non vorrei mai farti soffrire!"

Nida si asciugò gli occhi e si rassettò un po' i capelli, poi disse: "Non è stata colpa tua solo che questa immagine mi ricorda mio padre. Era partigiano da giovane e questo disegno ha qualcosa di familiare con un episodio che mi raccontava sempre, adesso non é più tra noi ma il suo ricordo mi ha commosso."

"Per fortuna c'era gente come lui, pronta a sacrificare tutto per degli ideali di libertà" disse Venanzi "Ma adesso si é fatto tardi e forse é meglio ritirarci." Si incamminarono nella loro stanza augurando a Nida la buonanotte.

Non parlarono un granché i due pittori, le tenebre, il silenzio dintorno e la pancia piena produssero l'effetto sperato.

La mattina Nida era solita alzarsi alle sei per preparare la colazione ai suoi ospiti che, a differenza degli italiani, gradivano un abbondante porzione di tutto ciò che la fantasia poteva far preparare in tavola.

Marco si svegliò verso le sette, dopo una doccia si vestì e scese a fare colazione. Incuriosito dalle persone che aveva dintorno si prodigò in saluti e sorrisi per poi cercarsi un angolo tranquillo in giardino dove gustarsi il suo caffè. Venanzi lo raggiunse dopo poco, insieme decisero che era l'ora di partire. Salutarono velocemente una Nida molto indaffarata promettendo di rivedersi e tenersi in contatto telefonico, poi ripresero il viaggio mentre il sole li riscaldava.

Si fermarono dopo pochi chilometri in un paese di nome Certaldo. Venanzi iniziò la sua arringa da cicerone spiegando perché aveva scelto fin da subito quella meta.

"Siamo qui per scoprire i luoghi e le mura che Boccaccio abitò ispirandolo a scrivere e tramandarci le sue magnifiche opere, che spero tu avrai studiato a scuola o letto per diletto."

Marco sorrise e disse "Bravo, sei riuscito a fare anche una rima, già che c'eri potevi espormi il solito concetto in 'volgare' e affittare un suonatore di liuto per dare più forza al sonetto!"

Venanzi scoppiò a ridere come un ragazzino, al punto che i passanti guardandolo venivano coinvolti dall'ilarità pur non conoscendone il motivo.

Si girò verso Marco e guardandolo dritto negli occhi disse "Vedi, c'è sempre un modo per guidare gli altri anche se non ne sono consapevoli, le folle si lasciano influenzare più facilmente se riesci ad esasperare certe emozioni, il riso è abbastanza comune, ma la rabbia per un sopruso subito dal più debole, la pena verso i sofferenti, la povertà, la fede verso chi offre speranza di miglioramento hanno bisogno di un'elaborazione d'immagine per renderle più plateali. Diciamo che i mass media sono un ottimo altoparlante per ottenere il risultato sperato."

Si trovarono davanti le vecchie mura dove era situata l'abitazione di Boccaccio, ma Venanzi proseguì fino alla piazza, situata in fondo all'antica strada, da lì attraverso delle viuzze si ritrovarono su un viottolo che costeggiava da una parte le abitazioni e dall'altra si affacciava sulla valle che era situata sotto alle mura e più in là una piccola e strana collina sembrava estranea dal paesaggio circostante per la sua forma trapezoidale.

Venanzi la indicò a Marco "Quella é la collina che usava Boccacio per incontrare le streghe, ed il Diavolo in persona gli costruì un ponte invisibile per recarvisi da casa, che è questa alle nostre spalle."

"Spero che la nostra gita qui non abbia lo scopo di farmi vedere il ponte, perché al momento è sempre invisibile!" disse Marco sorridendo e, sedendosi sulla spalletta, inspirò l'aria mattutina piena di fragranze di fiori di campo che aleggiava.

"Non era mia intenzione, anche perché personalmente credo che Boccaccio incontrasse qualche bella signora su quel colle. Lei forse vestiva stracci da megera per non farsi riconoscere e lui riusciva a recarvisi di nascosto. Però le malelingue ci sono sempre e quindi ne è nata la storia del Diavolo." "Quindi perché Certaldo alto?" disse Marco incuriosito.

"Questo è un luogo tranquillo per far spaziare la fantasia, un luogo assorto nella storia e nell'arte ma pieno di pace e tranquillità, come se facesse parte di un altro mondo. La mente ne fa il pieno come un'auto di carburante e poi inizia a viaggiare, con calma, senza fretta."

Marco rifletteva su questo, in effetti la sua giovinezza e il desiderio di crescere gli avevano sempre intimato la fretta di affrontare il futuro. Forse un po' più di calma gli avrebbe permesso di valutare meglio le persone, di muoversi con cautela tra gli eventi della vita e la riflessione per operare in modo più accorto le sue scelte, spesso prese troppo d'impulso.

Una ragazza si staccò da un gruppetto di amiche e si fece sorridendo incontro a Marco chiedendo, un po' in inglese ed un po' a gesti, di scattargli una foto insieme alle compagne. Marco prese la macchina fotografica ma, mentre si apprestava a scattare la ragazza, lo fermò passandola a Venanzi e lo tirò in mezzo alle amiche che, sorridendo, si misero in posa abbracciandolo con un'espressione un po' maliziosa.

I due amici stettero al gioco, poi iniziarono a dialogare con le ragazze alla meglio, visto che la conoscenza della lingua era puramente scolastica.

Con meraviglia scoprirono che una del gruppetto era cresciuta in Inghilterra ma aveva il padre italiano e quindi parlava la loro lingua abbastanza correttamente. Una ragazza molto carina con capelli neri, lisci e lunghi fin sopra le spalle aveva un sorriso ed uno sguardo che colpì Marco al cuore. Ci furono i soliti convenevoli tra le risate maliziose delle amiche, che Venanzi cercava di distrarre con storie e parole a loro a volte incomprensibili, comunque fu sufficiente affinché i due si dessero appuntamento dopo cena nella piazza antistante il Palazzo Pretorio, si salutarono tra lo sbuffare di Venanzi che tirò un sospiro di sollievo per essere uscito da quel personaggio imbarazzante che aveva dovuto impersonare.

"Grazie Nando" disse Marco a Venanzi chiamandolo per la prima volta con l'abbreviativo del suo nome che era Ernando.

"È stato un piacere, pensa che non ti costerà niente, sono già stato pagato dal poter ammirare la bellezza e la gioia di vivere di quelle ragazze."

Marco lo guardò con sospetto e l'altro sorrise, poi si incamminarono verso un portone dove un cartello indicava il nome del fotografo che esponeva le sue opere. I due si fecero un cenno di assenso ed entrarono.

Era un modo per passare il tempo che li divideva dalla cena che avevano prenotato alla Taverna Antica che era stata scelta per la posizione con vista sulle colline.

Marco guardava le foto di paesaggi rurali come sfondo e le belle donne in primo piano in atteggiamenti ancestrali, con costumi d'altre epoche. Nando le studiava attentamente, il pensiero di Marco correva dietro cose più naturali. Non pensava che a Jane, la ragazza di prima, a cosa poteva raccontargli della propria vita, quale atteggiamento tenere per far colpo, e delle foto non gli interessava minimamente.

Nando notò la distrazione dell'altro e se ne compiacque dentro di sé, in fondo sapeva benissimo che quella era la regina delle distrazioni.

Si allontanarono dall'esposizione di foto che non aveva suscitato emozioni particolari e si sedettero al ristorante che, come si erano immaginati, allietò le aspettative di entrambi.

La cena si svolse nel silenzio, cosa alla quale non erano abituati, ma Nando era molto soddisfatto di come stava procedendo la serata, in fondo era quello che serviva per dare una smossa all'animo artistico di Marco.

Dopo la cena Marco si diresse all'appuntamento con Jane, Nando lo avrebbe atteso passeggiando per le vie. Lei era là che lo attendeva con le mani dietro la schiena in un angolo della piazza dove un cantastorie allietava i turisti. Si salutarono guardandosi negli occhi e si incamminarono tra la gente e le case per una via discendente fino a trovarsi fuori dal paese su un colle cosparso di olivi. La Luna splendeva in un cielo stellato ad arte, Marco si fermò e le accarezzò i capelli, lei lo baciò abbracciandolo forte. Continuarono così a godere l'uno dell'altro per parecchio tempo, poi lei gli parlò :"Domani partiamo per Londra, torniamo a casa, la gita premio é finita. Siamo un gruppo di hostess che ha vinto questa gita di quindici giorni in Toscana ed io, che ho vinto il più bello dei premi incontrandoti, avrò la più grande delusione dovendoti lasciare!" Marco divenne triste pensieroso, poi la speranza ebbe il potere di spronarlo.

"Jane la vita va presa attimo per attimo, oggi una foto ci ha fatti conoscere in un luogo diverso dai nostri ambienti abituali, domani farà in modo di farci ritrovare." Si sdraiarono sull'erba sotto gli ulivi e fecero l'amore come se i loro corpi si conoscessero da sempre.

Nando era ancora seduto sui gradini della piazza e scarabocchiava con la matita su un blocco che aveva acquistato, per ammazzare l'attesa che ebbe termine verso le due di notte, quando i turisti e i venditori che prima affollavano il paese si erano ormai ritirati.

Marco gli si sedette accanto e gli porse una bottiglia di Vernaccia che aveva comprato da un ambulante mentre riponeva le proprie mercanzie. Nando ne bevve e la rese a Marco.

"Lo sai a cosa brindiamo?" gli domandò Marco.

"Penso che l'avventura sia stata oltremodo piacevole ma che ci sia un risvolto apparentemente negativo. È già fidanzata, forse?"

"No" rispose Marco e sentiva dentro di sé qualcosa che lo opprimeva. "Torna a Bristol domani."

"Beh, spero che avrai l'indirizzo?"

"Sì, ho anche la mail a cui scriverle, e comunque fa la hostess per una compagnia inglese, cercherà di sfruttare qualche volo che fa scalo a Pisa ed avvertirmi in modo da poterci rivedere. E se un giorno avrò abbastanza soldi e l'amore avrà la stessa pazza intensità di ora, andrò a farle visita."

"Se avessimo la capacità di affrontare le vicissitudini della vita con la forza e la semplicità di come affrontiamo le questioni amorose saremmo certo molto più efficienti. Adesso troviamoci un posto dove dormire ."

Non fu semplice, dopo aver bussato a tutte le locande del posto ed aver ottenuto solo dinieghi si diressero al furgone e tornarono verso Firenze.

Nando cercava in tutti i modi di distrarre Marco spronandolo a programmare la prossima mostra di quadri oppure istigandolo a pensare ad un volantino esplicativo, ma i risultati lasciavano a desiderare.

Parcheggiarono lungo l'Arno e giunsero allo studio di Marco a notte fonda.

Nando prese il letto non per anzianità ma perché era dei due il più bisognoso di riposo.

Marco si trattenne alla finestra poi quando iniziarono a passare le macchine che puliscono le strade, la chiuse e con l'immagine degli occhi verdi di Jane si addormentò sul divano.

Fu un sonno frastagliato: immagini di antichi personaggi che popolavano il vecchio borgo di Certaldo con le distinzioni di classe che faceva da padrona agli atteggiamenti delle figure umane, ma la cosa più sorprendente era farne parte. Si era immedesimato in un giovane viandante che elemosinava e rubava ai passanti per vivere, poi veniva arrestato e rinchiuso nelle patrie galere. Per fortuna si svegliò, sudato e trafelato, dopo essersi sciacquato la faccia e ristorato con una bibita, e sentì il bisogno di dipingere.

Era quasi gioco forza che i pennelli riproducessero le immagini che aveva poc'anzi sognato, ma il tempo e le scene del '300 erano dipinte con una tecnica moderna nel tratto ed evanescente nel colore come il sogno stesso, in modo da far capire allo spettatore che di sogni si trattava.

Quando Nando si svegliò era ormai mattina inoltrata e fu con somma sorpresa che vide Marco assorto nel dipingere, non lo disturbò e si diresse in cucina a preparare il caffè. Poi porgendogliene una tazza ammirò le due tele già finite.

Oltre ad una scena irreale del mercato in piazza, aveva dipinto un matrimonio di popolani ed adesso stava concludendo un'altra tela, due figure che volteggiavano con veli come abiti in una nuvola di farfalle variopinte.

Nando non proferì parola per non disturbare la concentrazione di Marco, si diresse in strada alla ricerca di una rosticceria. Quando tornò con le buste della spesa vide Marco che guardava assorto l'ultimo dipinto compiuto, sapeva anche lui che mancava qualcosa, ma entrambi non riuscivano a focalizzare cosa.

Assorti nei loro pensieri artistici si sedettero per consumare il pasto, poi Nando, che non sopportava più quella situazione si rivolse a Marco un po' alterato "Forse se ne parliamo diventa tutto più chiaro nella tua mente."

"Hai pienamente ragione, sono stato molto egoista ultimamente, ma forse riuscirò a recuperare."

"Bene, è già un buon segno, hai dipinto delle buone cose stamani, ma l'ultimo quadro mi..." "Ti dà una sensazione di mancanza?" Lo interruppe, con le mani unte e la bocca piena e continuò "Non so cosa manca e non riesco a immaginarlo diverso, sembra completo e non lo è".

Venanzi tornò a posare lo sguardo sul dipinto posto sul cavalletto e provò ad immaginare una differente disposizione del movimento dei corpi in primo piano, provò a vedere le farfalle che percorrevano scie diverse ed infine tentò l'ultima mossa, immaginò i corpi nudi.

"Grande!" urlò il maestro "La purezza che hai manifestato nel dipinto non la puoi racchiudere nel confine materiale dell'abito. Devi toglierlo e tutto prenderà il giusto equilibrio!" "Hai dimostrato senza ombra di dubbi che l'appellativo Maestro lo meriti!" disse Marco impazzito dalla felicità, piantò il pranzo, si pulì le mani e scattò davanti al cavalletto per modificare il dipinto prima che il colore asciugasse troppo.

Nando, soddisfatto, si preparò un altro caffè ed uscì, diretto alla galleria d'arte che ultimamente stava trascurando un po' troppo, anche se sapeva dentro di sé che la gallerista era molto più brava di lui a vendere ai vari turisti, ma intuiva anche che i collezionisti gradivano trattare direttamente con l'artista senza mediatori e lui, ultimamente, aveva spento anche il cellulare.

Pensò a Marco ed all'opportunità che gli si presentava, oltre ad esporre le proprie opere aveva lui alle spalle, un artista conosciuto ed affermato che lo avrebbe recensito ai propri collezionisti aprendo la strada al commercio delle opere, parte questa che è sempre risultata la più difficile da realizzare, ma lui nutriva ottime speranze e sapeva ormai per esperienza come muoversi nel mondo dell'arte.

Alla galleria c'erano parecchi visitatori incuriositi dai dipinti che vi erano esposti che rappresentavano Parigi rivisitata con occhio retrò.

Anna, la gallerista, era molto indaffarata a dare spiegazioni ai visitatori e sussultò di gioia quando vide entrare il maestro che, una volta presentato ai possibili compratori, fu letteralmente preso d'assalto dalle domande più disparate, su cosa volesse esprimere con quelle tele, che tecnica aveva usato, per finire inesorabilmente sul costo delle opere. Nando era nel suo ambiente e vi si crogiolò dando agio ad Anna di chiudere alcune interessanti trattative. I giorni che mancavano alla mostra di Marco passarono in fretta e la sua produzione aveva preso un ritmo normale, tutto era stato curato nei minimi particolari, inviti, pubblicazioni sui giornali, recensioni di critici d'arte ed un grande buffet per l'inaugurazione. La domenica mattina Nando si presentò allo studio con un vestito nuovo per Marco, egli lo guardò e sorridendo disse "Giacca e cravatta li dovrò indossare nel mondo del lavoro quando avrò terminato la scuola ma adesso non è un po' esagerato?"

"Sì che lo é, ma un artista ha la caratteristica innata di esagerare tutto, quindi vestiti che se va bene riceverai la visita di persone importanti e non voglio che tu dia l'idea del ragazzo fortunato perché amico mio. Tu sei un artista rifinito con o senza di me. Questa è l'immagine che gli invitati si devono portare a casa."

Marco si vestì meravigliandosi di come l'abito fosse perfetto, poi capì perché non aveva trovato ultimamente un particolare cambio di abiti, probabilmente erano serviti al sarto per le misure, infatti erano in un fagotto sul divano. L'inaugurazione della mostra era fissata per le sedici, c'erano ancora cinque ore di tempo, Marco non capiva la fretta di Nando, poi quest'ultimo gli disse "Dobbiamo pranzare con alcune persone, tu sii te stesso come sempre, la semplicità è la tua forza e l'onestà con te stesso è il carburante per andare avanti nel mondo dell'arte."

Incuriosito volle sapere chi erano le persone, ma Nando gli disse che lo avrebbe scoperto a tempo debito. Il ristorante in cui si recarono era a pochi passi dalla galleria e c'erano molti clienti sia ai tavoli esterni che all'interno del locale. Furono fatti accomodare in una saletta privata con un tavolo ovale apparecchiato per dieci persone. Il gruppetto di uomini e donne raccolti a bere l'aperitivo vicino ad una finestra si voltò al loro ingresso.

L'espressione delle donne non dava adito a dubbi: c'era nel loro sguardo l'emozione di incontrare i pittori e la meraviglia nello scoprire quanto giovane uno fosse. Gli uomini da parte sua si attenevano ad un distacco studiato appositamente per rimarcare le loro posizioni sociali. Nando che ormai conosceva tutti da lungo tempo, fece le presentazioni e fu così che Marco comprese che, oltre a personaggi del mondo politico-culturale della Regione, c'era una coppia proprietaria di una grande galleria a Cannes ed un'altra coppia di Milano che organizzava mostre d'arte oltreoceano.

Ma fu l'ultimo ospite che gli venne presentato che lo fece sognare come un ragazzino: questi infatti era l'incaricato di una grande e famosa galleria londinese. Si sedettero a tavola e dopo i soliti convenevoli le domande rivolte a Marco si fecero più stringenti, tutti volevano sapere qualcosa di personale da non condividere con il pubblico che dopo poche ore avrebbe preso d'assalto la mostra.

Non c'era molto da dire e Marco, con un'esperienza appresa sui banchi di scuola, rispose alle domande con la tecnica del "girarvi intorno" senza dare importanti indicazioni di sé che potevano essere male interpretate.

Il pranzo giunse al termine con enorme soddisfazione degli artisti, il secondo passo era inaugurare la mostra. Davanti alla galleria c'era già un discreto affollamento che aumentò quando il gruppetto con Marco e Venanzi in testa fecero il loro ingresso.

Le opere di Nando erano state tolte per far posto a quelle di Marco, la pergamena era in bella mostra all'ingresso, i quadri in parte appesi ed in parte poggiati su cavalletti, un sottofondo musicale con musiche classiche accompagnava il sorriso di due ragazze che servivano drink dietro un banco. Era tutto perfetto e Marco si aggirava straniato tra i visitatori che per la maggior parte non erano a conoscenza della sua identità.

Dopo circa un'ora Nando lo chiamò in disparte e gli disse di entrare un attimo nella stanza attigua, che lui sapeva essere un rimessaggio. Fu con estrema sorpresa ed emozione che si trovò nelle braccia dei genitori e del fratello che Nando aveva chiamato di nascosto.

Marco non lo aveva fatto, per paura di dare un dispiacere ai suoi se la mostra non avesse ottenuto il risultato sperato, ma adesso era felice che fossero tutti lì a prescindere da come sarebbero andate le cose.

C'era un sacco di cose da raccontarsi ma fu rimandato a dopo, adesso doveva impersonare l'artista per i visitatori della galleria e Nando lo accompagnò nel percorso del pittore che vende la propria opera e la propria immagine. Tutto funzionò a meraviglia, tirate le somme quasi tutte le opere erano state vendute, ne rimanevano sei che, aggiunte ad altre cinque piccole prove d'autore, erano state classificate dalla gallerista non in vendita.

Marco chiese a Nando il perché e sorridendo questi gli spiegò che alcuni collezionisti non avevano partecipato all'inaugurazione ma avevano ottenuto da Nando le foto via e-mail ed avevano comprato quei quadri dietro suo consiglio, inoltre le opere sarebbero state consegnate agli acquirenti tra due mesi; infatti, dopo Firenze, era già stata organizzata la mostra a Londra ed a Montecarlo. Marco sentì le gambe venirgli meno appena Venanzi pronunciò la parola Londra e dentro di sé iniziò a fare e disfare programmi che l'altro bloccò dicendo: "Queste sono le date" e gli porse un appunto, "forse è meglio se avvisi Jane di prendersi qualche giorno di ferie."

Aveva capito fin troppo bene che quella ragazza era un punto di riferimento essenziale nella maturazione artistica di Marco e, anziché essere preoccupato, era felice di rendere possibile l'incontro. Furono giorni unici, con incontri programmati con la stampa e critici d'arte mai sazi delle risposte di Marco, che ormai aveva adottato la tecnica di dire e non dire per grandi linee.

Il primo mese trascorse velocemente, Marco doveva produrre quadri da poter vendere a Montecarlo ed a Londra così il tempo lo trascorreva dipingendo e inviando e-mail a Jane che da parte sua gli raccontava le sue avventure di volo.

Poi venne il momento della mostra a Montecarlo. Nando aveva informato il suo pupillo che si trattava di un trampolino di lancio internazionale, unico, e che una critica negativa sarebbe stata irrecuperabile per molto tempo.

Marco sentiva la responsabilità del momento ma la sua mente costruiva immagini di infinita purezza e colore che lui riusciva in qualche modo a dipingere sulle tele e ciò dava coraggio ad entrambi.

Erano passate le ventuno a Montecarlo quando, nella hall dell'albergo dove i due artisti avevano preso alloggio, alla tv scorreva una notizia dell'ultima ora, immagini terribili mostravano un disastro aereo in Olanda, l'aereo aveva preso fuoco in fase d'atterraggio ed era esploso, non c'erano superstiti.

La linea aerea era la stessa su cui operava Jane. Marco corse in camera e tentò di mettersi in contatto via e-mail ma non riceveva risposta, provò a cercare l'eventuale lista delle vittime che la compagnia doveva pubblicare sul proprio sito e il cuore si gelò.

Jane era tra loro. Lei era scomparsa e con lei la sua arte e la sua voglia di vivere. La mostra proseguì senza i due artisti che fecero ritorno a Firenze in giorno dopo. Fu per rabbia o per disperazione che, tornato allo studio, Marco prese in mano i pennelli ed una nuova tela. Definì due corpi avvinghiati in uno slancio verso il cielo, dalla base dei quali fece dipartire un vortice che li avvinghiate in colori lucenti fino a concentrarsi in un punto viola sempre più scuro che pian piano catturò Marco nel suo vortice.

LA DELUSIONE

La discesa ellittica del suo corpo dal centro del viola non mutò l'assenza di percezione dei suoi sensi e cancellò ogni traccia di memoria del passato.

Si svegliò a Parigi in stazione, di giorno, confuso tra molti altri personaggi che, come lui un tempo, cercavano se stessi nelle manifestazioni artistiche degli altri.

Guardava intorno a sé e non capiva il suo stato. Molte volte altri passanti lo strattonavano per evitare che attraversasse le strade con il semaforo rosso. Dormiva sulle panchine della piazza, sotto la torre Eiffel e la Gendarmeria lo svegliava con cortesia pensando che fosse un turista, ma stava diventando sempre più un vagabondo.

Col passare del tempo divenne parte integrante del luogo, sviluppò amicizie con altri personaggi come lui ed in particolare con Eddy che veniva da un paesino inglese vicino a Dover, aveva intrapreso il viaggio quattro anni prima e non era più tornato.

La storia di Eddy era sempre più intrisa di mistero, i personaggi si aggiungevano al suo racconto di spionaggio industriale come fosse uno sceneggiato a puntate, fu così che Marco, dopo giorni di paziente ascolto, vide gli altri ridere di soppiatto.

Preso da parte dal gruppo scoprì che il racconto era inventato: Eddy era solo sfuggito all'arresto per furto in una casa del vicinato. Anche gli altri avevano una storia personale, alcuni odiavano il mondo per la sua violenza e professavano la pace. La trovavano nella bottiglia che riuscivano a comprare elemosinando, altri davano la colpa dei loro guai agli eventi negativi, alla famiglia, all'ex compagna ed altro ancora. Nessuno vedeva in se stesso il vero motivo di tanta decadenza.

Marco era ad un bivio, accrescere il gruppo di questi disperati con la sua presenza o vivere un'alternativa il cui primo passo era andarsene da lì. Un pomeriggio, mentre la gendarmeria affollava la piazza alla ricerca del ladro che aveva alleggerito di un portafoglio un turista, Marco capì che era il momento di fuggire.

Si dileguò tra la folla incuriosita con passo calmo e riuscì, dopo molto camminare, a raggiungere il quartiere di Montmartre. Qualcosa di entusiasmante si impose nella mente, una gioia ed una sensazione senza pari si impossessò di lui, iniziò ad aggirarsi tra i quadri dei pittori alla ricerca di un'emozione latente, urtava le persone, inciampava su borse e oggetti di ogni genere ma niente lo fermava.

Mentre attraversava la strada urtò una passate, "Mi scusi madame per la mia sbadataggine" le disse Marco in un francese stentato, scusandosi per la prima volta .

La donna sorrise e squadrò Marco da capo a piedi quasi fosse un manichino.

"Vuol farmi compagnia per un caffè, avrei da proporle un lavoro, se non le reca fastidio, naturalmente." Chiaramente la donna aveva compreso da subito la vita bohème di Marco.

"Sì, un caffè adesso è un toccasana visto che non riesco a materializzare il mio stato d'animo." E si sedettero ad un tavolo di una pasticceria che si affacciava sulla Place du Tertre.

Madama Ruth si presentò porgendo la mano candida ed ornata da anelli d'altri tempi, Marco si inchinò e quasi per gioco anziché stringerla con la sua la sostenne e la baciò con leggerezza. La scena aveva il sapore d'altri tempi e la mente dei due si immerse per un attimo in essa, al punto che le auto divennero carrozze e le persone dintorno, anziché correre indaffarate, passeggiavano lentamente accompagnate dalla musica classica suonata da un'orchestra nel patio.

Poi tutto tornò alla realtà con l'arrivo del cameriere.

"Mi occorre un modello per la mia scuola di pittura, si tratta di un impegno per pochi giorni, pomeriggio e sera, penseremo a tutto noi, abiti, monili, parrucche e quant'altro. Per lei ci sono cinquanta euro al giorno. Che ne dice?"

Marco fece velocemente il conto dei soldi che gli rimanevano e giunse alla conclusione che era un'ottima idea, inoltre era completamente affascinato dalla Madame e dall'ambiente artistico in cui avrebbe svolto la propria opera.

Con il sorriso che gli illuminava il viso accettò e baciò nuovamente la mano di madama Ruth trattenendola più del dovuto tra le sua.

Nacque qualcosa di più profondo della semplice amicizia, Marco si trasferì nella splendida casa di Ruth ma l'arte lo aveva catturato inesorabilmente e con la compagna condivideva esperienze uniche che solo Parigi poteva offrire.

"Ma quanto ci mette ad entrare! L'acqua sta gelando ed anche i miei desideri si trasformano in cubetti di ghiaccio. Peccato che non c'e' un po' di whisky con cui accompagnarli."

Ruth si girò nella bacinella d'acqua e schiuma, si afferrò la caviglia sinistra e la massaggiò con la piccola spugna che fece poi risalire carezzando la pelle sulle cosce tornite.

"Sono diventata pazza per trovare questa tinozza dell'Ottocento al mercato dei robivecchi di Parigi. Ho ricreato la stanza in stile rinascimentale comprese le tende a balconcino.

Anche l'acqua ho riscaldato nel coccio sul caminetto. Forse era meglio bollirla vista che è già fredda e Marco non entra. Adesso urlo!"

La porta si aprì cigolando, Ruth si girò nella tinozza con sguardo speranzoso, Marco entrò sorridente ed iniziò a svestirsi, poi si immerse nella tinozza abbracciò e baciò Ruth.

"Perché hai atteso così a lungo, mio caro?"

"Volevo che l'immagine personificata del quadro di Degas prendesse forma in maniera indelebile nelle nostre menti, così da perpetrare nel tempo la nostra unione al pari dell'opera stessa."

"Oh! Tu sì che sei un amante dell'arte."

"Bene, amore, resta qui nella tinozza che devo fare una cosa."

Marco uscì dalla tinozza, prese da sotto le vesti ammucchiate un coltello e colpì Ruth al petto lasciandola esangue.

*"Cara Ruth ho sempre amato **"la donna nella vasca"** di Degas, non vedevo l'ora di realizzarne la personificazione. Addio figlia dell'Ottocento."*

Marco si vestì con calma, uscì di casa con un'alzata di spalle e si incamminò tra la moltitudine di passanti che animava Montparnasse.

Entrò nel portone al numero 656 di Boulevard Raspail, appese il soprabito sull'attaccapanni alla sua destra, si svestì completamente, indossò una corona, un mantello e si sdraiò sulla poltrona al centro della stanza.

D'intorno a lui una decina di donne in abiti antichi dietro il proprio cavalletto da pittura lo salutarono e si apprestarono a ritrarlo.

"Bon Jour messier Nerone. Benvenuto a l'Académia des Art."

Marco percepì dentro di sé la sensazione di completo appagamento che gli incuteva essere il centro dell'attenzione della ricreata atmosfera artistica ottocentesca.

Ruth si sentiva una mecenate dell'arte e avrebbe desiderato che il centro artistico parigino di cui era proprietaria diventasse il fulcro dell'arte riservato alle donne.

Marco sollevò elegantemente la testa e parlò alle dame a lui raccolte dintorno:

"Oggi avrete finalmente l'occasione di ritrarre dal vivo un quadro unico, il suicidio di Nerone."

Sorridendo mostrò il suo corpo perfetto alle dame, poi d'un tratto trafisse il suo cuore con uno stiletto.

"Dipingetemi bene… vi prego!"

Le dame soffocarono il grido dentro di loro, asciugarono le lacrime sulla guancia, intinsero i propri pennelli e tracciarono il primo indelebile segno sulle tele bianche. La pittrice alla destra di Marco intinse un grosso pennello nel viola e tracciò un vortice sempre più ampio fino a riempire la tela.

Marco scomparve in esso.

LA NORMALITÀ

Un raggio di luce lo depose con estrema dolcezza sul greto di un fiume dove Marco riposò a lungo cullato dal rigoglio delle acque.

Impiegò una settimana a raggiungere Castelnuovo Garfagnana senza porsi domande su di sé, solo, camminando senza fare l'autostop per non privarsi dello spettacolo della natura. Era stato fortunato a intraprendere il viaggio in quel periodo primaverile in cui il rigoglio di piante anarchiche tracciava il suo cammino tra stradine e sentieri che attraversavano zone boscose e poco frequentate.

Guardava gli alberi maestosi di quercia mettere le nuove foglie e gli arbusti del sottobosco moltiplicarsi e sentiva rinascere dentro di sé la vita come un germoglio da innaffiare, non aveva memoria del suo passato ma la cosa non lo preoccupava.

Raggiunse Castelnuovo dopo molte peripezie visto che dovette fare un bel pezzo di strada transitata dalle auto ed era oltremodo stretta.

Più di una volta si gettò tra le piante per evitare che un'auto lo investisse a ridosso di una curva. Poi tornò la calma di un paesaggio fatto di piccole case, il fiume che fragoroso scorreva a valle ed il paese, che ricordava luoghi remoti.

Era finalmente arrivato a Castelnuovo. Comprò da mangiare in un mini-market e si portò sugli argini di un piccolo torrente a godersi il cibo ed il meritato riposo. Fu destato da una carezza, assonnato pensò che un animale lo avesse sfiorato, ma non vide niente dintorno a lui.

La brezza di montagna gli dette vigore e lo sciacquio del torrente diede il ritmo ai suoi passi veloci verso il paese.

Arrivò in una piazzetta dove la via si biforcava, una proseguiva verso le colline, l'altra si immergeva nel paese attraverso un arco. Percorse la seconda e girovagò tra negozi e botteghe di artigiani fino ad una chiesa. Entrò per curiosare, attratto dalle mura antiche e dal colonnato dell'edificio.

Il fresco dell'ambiente lo pervase e l'architettura semplice e sostanziale gli riportò alla mente altri luoghi ecclesiastici che aveva visitato ma che a differenze di questo sfoggiavano la sua magnificenza senza pudore alcuno.

Si trattenne ad ammirare dei dipinti sacri, belli nell'insieme e adatti all'ambiente semplice. All'uscita sedette su una panchina di granito e sfogliò un vecchio libro di Kerouak che trovò nel cestino dei rifiuti, intitolato "Sulla strada", che aveva letto a sedici anni quando andava per la maggiore la Beat Generation, l'alcool e la vita di strada.

Passò accanto a lui un gruppo di signori distinti, probabilmente turisti, e gli poggiarono in terra accanto allo zaino un po' di monete, poi proseguirono salutando con la mano.

Marco rispose al saluto, poi perplesso si guardò attentamente e quello che vide non gli piacque. Era ridotto veramente male, i vestiti logori e sporchi facevano da cornice alla barba ed ai capelli incolti.

Le unghie lunghe e luride per non parlare di quello che rimaneva di un vecchio paio di mocassini.

Entrò in un negozio di abbigliamento e, prima che la commessa lo cacciasse, fece mostra del denaro che aveva rinvenuto nello zaino poc'anzi. Fu come dire la parola magica, improvvisamente non era più un vagabondo ma un cliente da trattare con i guanti. Comprò i vestiti e le scarpe, un po' di articoli da toeletta e chiese dove avrebbe potuto prendere una camera per qualche notte.

La commessa fu ben felice di indirizzarlo da un conoscente che gestiva una piccola pensione lungo la strada opposta alla piazza, che era quella che portava in collina. Marco si diresse lì senza esitare: voleva subito un bagno per il corpo e sentire l'acqua che scorreva sulla sua mente lavando via i brutti ricordi.

Sotto la doccia si trovò a pensare alla famiglia che aveva lasciato e non ricordava di preciso se da un anno o da un decennio.

Gli tornò alla mente la madre che lo aveva accudito fin da piccolo e che aveva diviso con lui il dolore ed i piaceri.

Pensò al padre ormai anziano e pieno di acciacchi che aveva sempre lottato nella vita per garantire ai figli un futuro migliore del suo e che per ricompensa era stato abbandonato.

Per ultimo pensò al fratello, anima allegra e posata, che lo aveva eretto a simbolo da imitare e che lui aveva tradito fuggendo dalle sue responsabilità. Sentiva crescere la solita vecchia rabbia dentro di sé, quella che gli aveva dato la forza per continuare a creare, a rinascere ed a fuggire, adesso lo avrebbe aiutato a reinventarsi.

Scese nell'atrio cambiato a nuovo e chiese di un barbiere vicino, l'addetto alla reception lo indirizzò dal cugino che aveva il negozio poco più su nella stessa via. Vide ricomparire il Marco che conosceva e si ammirò a lungo nello specchio del parrucchiere che acconciava indistintamente uomini e donne del paese.

Adesso che la sua mente lavorava a ritmo frenetico ed il suo corpo era restaurato aveva bisogno di carburante. Si diresse alla trattoria della piazza dopo aver saputo dal barbiere che avrebbe pensato lui ad avvertire il cognato che era il proprietario! Capì subito che in quel luogo le truffe non erano facili da perpetrare, in un minuto tutti erano informati di tutto e pronti a darsi una mano.

Quando gli porsero il menù stava per ordinare un hot dog per abitudine poi si ravvide e optò per i tagliolini ai funghi ed un filetto con cappella di porcino. Il cameriere storse la bocca quando ordinò da bere una coca, poi si riprese e cambiò con un chinotto, ma il risultato non fu migliore. Molti inservienti della cucina si affacciarono quasi fosse un esemplare raro, ed in effetti lo era.

Trascorse sei giorni bighellonando per il paese la mattina e leggendo i giornali degli ultimi due anni presso una copisteria, di proprietà del fratello del cameriere del ristorante.

Dopo un'altra settimana di riflessione si sentiva pronto a riaffacciarsi sul mondo. Il treno gli fece attraversare la Garfagnana ad una velocità che gli permetteva di ammirare la vallata ed i monti che avevano ispirato Pascoli, poi da Lucca a Livorno, nonostante la velocità fosse buona, contava i minuti che lo separavano dai suoi cari. Prese un taxi alla stazione e si fece portare all'indirizzo dei genitori. Al suo arrivo la strada assolata aveva un aspetto diverso. Erano sorte altre abitazioni dove prima c'era l'ingresso pedonale al bosco del quale rimaneva ben poco. Suonò ed attese che la madre corresse ad aprire, ma così non fu. Si affacciò alla terrazza una anziana signora che disse che non aveva bisogno di niente e che non era l'ora adatta per andare per le case a vendere oggetti. Marco rimase stupito per come la donna l'avesse affrontato e poi chi era quella? Suonò ancora il campanello e questa volta la signora venne al cancello del piano terreno con aria molto più rabbiosa di prima.

Marco non si perse d'animo e parlando per prima spiegò chi cercava e chi era. La donna mortificata lo fece accomodare in giardino e iniziò a spiegare perché aveva agito così, poi, dopo che Marco la ebbe calmata, disse che era la badante dei suoi genitori e che entrambi stavano riposando, ma sarebbe stato meraviglioso per loro vederlo lì al loro risveglio.

E così fu, non ci furono domande specifiche su dove avesse trascorso questo periodo né su cosa avesse fatto, ci fu un interrogatorio vero e proprio sulla salute fisica, cosa che stava molto a cuore alla madre.

Il padre dopo averli fatti calmare si preoccupò di fare la domanda che ormai era nell'aria "Cosa pensi di fare per mantenerti da vivere d'ora in avanti? Sempre che sia tua intenzione rimanere qui, visto che manchi da casa ormai da dieci anni." Domanda semplice, che sottointendeva che sarebbe tornato alla normalità, una vita fatta di lavoro, svago, impegno sociale e familiare.

Marco non aveva una risposta sintetica a tutto ciò, rispose semplicemente che era pronto a mettersi in gioco con qualunque lavoro che gli occupasse il tempo e la mente in modo da non rimuginare troppo sul passato, visto che il suo passato aveva dei buchi enormi.

La vecchia cameretta lo attendeva, la scrivania che aveva visto tante giornate sui libri, passate lì a studiare, prima da lui e poi da suo fratello, lo salutava, i letti paralleli con la luce in mezzo che gli aveva illuminato le notti di lettura non gli strinse l'occhio solo perché la lampada era bruciata.

Dormì profondamente senza, al mattino, il ricordo di sogni particolari, si svegliò come negli ultimi giorni, con la voglia di fare, con il desiderio di partecipare al meccanismo sociale come una singola formica di un formicaio molto numeroso.

Passarono i giorni alla ricerca di un impiego. Poi quasi per caso Marco lo trovò in un centro commerciale, sembrava l'occasione giusta anche se lo spaventava il contatto continuo con le persone. Accettò nonostante i dubbi; un periodo di prova gli avrebbe chiarito le idee. A disdetta dei suoi preconcetti si trovò benissimo, complice il fatto che il centro commerciale operava in un'altra città dove il rischio di incontrare persone conosciute era minimo.

Aveva iniziato a frequentare nel tempo libero una libreria, dove incontrava lettori accaniti dei più disparati generi con cui scambiare opinioni sui libri appena letti. Si emozionava per pensieri ed eventi descritti.

La nuova immagine che si era impossessata di lui lo rendeva di nuovo partecipe sempre di più alla vita quotidiana delle persone, con i loro problemi esistenziali.

Giunse anche il momento di riprendere possesso dell'abitazione che era ormai diventata un mausoleo.

Donò alla Caritas molti abiti, cambiò i mobili della camera e del salotto, trasformò una stanza per gli ospiti in uno studio attrezzato con computer, scrittoio ed una libreria, dove riporre le sue innumerevoli letture.

Appese alle pareti i suoi primi dipinti infantili che sua madre aveva conservato.

Quando ebbe finito rimase ad osservare compiaciuto il suo operato e nella solitudine si lasciò andare ad emozioni liberatorie.

Fu una notte particolarmente fredda e piovosa, Marco era seduto nello studio intento a leggere un libro di avventura, ma poi si appisolò, il sogno lo pervase di effluvi e profumi, sentì il suo corpo viaggiare velocemente dentro un cono di luce al cui vertice c'era solo colore "Il viola."

Dentro trovò un'entità che lo prese per mano e volteggiarono nel suono, poi discesero lentamente su bosco rigoglioso dove erano disposti dei cacciatori che con dei cani setacciavano una zona collinare alla ricerca di fagiani e lepri.

L'entità indicò una persona tra loro "Vedi quel signore anziano, tu ne hai disegnato una scena di vita del passato, egli é Pietro, il padre di Nida, la proprietaria del Bad and Breakfast in cui hai dormito a Castelfiorentino.

Ti ricordi adesso?"

"Sì mi ricordo che Nida si mise a piangere dopo che gli mostrai il disegno."

"Bene" continuò l'entità "Quella che vedi è la vita di un uomo che ha sofferto per gli ideali, per la famiglia deportata in tempo di guerra, per la scomparsa di una giovane sorella sotto le bombe, per il matrimonio finito della figlia e per chissà quante altre cose. Adesso sta praticando la caccia per raggruppare la domenica intorno a sé gli amici più fidati ed il fratello, per condividere i ricordi con loro mentre si siedono a pranzo."

"Non capisco cosa mi vuoi dire con ciò" disse Marco.

"Anche tu hai sofferto molto nell'esistenza terrena da cui provieni. Hai perso persone care, hai vissuto in modi ed interpretazioni diverse dall'usuale ma non ti sei ancora circondato degli amici come invece ha fatto Pietro. Perché?"

Marco rimase non poco interdetto da quella domanda, ma rispose con calma: "Lui nella sua disgrazia ha avuto la fortuna di avere dei veri amici, a differenza mia che ho la compagnia solo di me stesso."

"Come vedi l'amicizia viene sempre tenuta in considerazione nella vita normale, ma anch'essa è preda degli interessi più subdoli, risulta molto difficile riconoscere quella vera e disinteressata, solo in casi estremi vedrai gli amici veri farsi avanti per offrirti il loro aiuto, i falsi rimarranno ben nascosti in attesa della nuova preda. "Gli disse l'entità allargando le braccia e mimando l'aquila.

"La vita terrena che stai attraversando ti imprime delle esperienze nuove perlopiù negative e dolorose psicologicamente, tu adesso senti dentro di te questo?" Marco si girò di scatto meravigliato dalla domanda e rispose: "No che non le sento, in questo momento vedo solo un corpo che crescendo si avvicina al punto di sdoppiamento tra la vita materiale e l'altra vita."

Fu così che planarono su un'onda viola e un vortice di altre persone li raggiunse. Tra loro vide Jane che sorridente volteggiava.

Marco fu tentato di avvicinarsi a lei ma l'entità lo fermò, dicendo: "Non è ancora tempo per te di restare.

Adesso devi tornare a chiudere la tua vita terrena nel miglior modo possibile. Non trovare scorciatoie altrimenti ne dovrai vivere ancora altre."

Si svegliò come ogni mattina stiracchiandosi, cercò la luce alla destra ma non la trovò, tastò il letto e si accorse che era la poltrona, si alzò e andò in cucina a preparare il caffè.

Le giornate si susseguirono senza turbare la sua agenda quotidiana, lavoro, casa, dai genitori per cena, passeggiata ed a letto con un buon libro.

La pace era tornata nella famiglia, che vedeva sempre più Marco tornato ad una vita normale.

Un pomeriggio che era rientrato presto dal lavoro gli telefonò un vecchio amico pittore e si dettero appuntamento per cena.

La serata appariva forzata, dal desiderio di Abele di conoscere gli eventi degli ultimi anni e l'astuzia di Marco ad evitare di raccontarli, dato che non ne aveva memoria. Fu così che il discorso cadde sui progetti per il futuro.

Marco non aveva progetti definiti, al momento si cullava nel vivere normalmente senza aspirazioni nel lavoro e senza desideri amorosi di sorta. Spiegò all'amico che la pace gli era data dal non pensare, apprendere sì, ma non manipolare mentalmente il conosciuto.

Era diventato carta assorbente davanti alle manifestazioni umane ed aveva chiuso le emozioni in un cassetto della mente gettando la chiave.

Si era posizionato all'opposto del modo di vivere di qualsiasi artista, da un'esistenza di emozioni e stati d'animo volubili come il vento, ad un metodo puramente materiale di affrontare il mondo, come il meccanismo di una macchina che si accende la mattina per muoversi di 180° avanti e indietro fino a sera quando viene spento.

E la notte? Marco nel sonno creava i dipinti che poi da sveglio realizzava, adesso cosa sognava? Non lo chiese, si rese conto che era fuori posto, così disse che aveva un impegno che aveva dimenticato.

Si salutarono senza che la domanda che lo assillava avesse risposta. Non era la serata adatta ad investigare ulteriormente, ma in futuro lo avrebbe fatto, pensò il pittore.

Nonostante ciò Marco, quando fu da solo, si rese conto dello scampato pericolo, capì che la sua vita passiva era protetta da una corazza che gli altri cercavano di penetrare e questo gli avrebbe provocato ferite e sofferenze, ma doveva resistere per continuare a vivere.

E così trascorsero gli anni, vide la scomparsa del padre e della madre, festeggiò il trentacinquesimo compleanno in solitudine, ma senza dispiaceri.

Fu una sera in cui il cielo aveva dichiarato guerra alla terra che Marco, tra lampi e tuoni, decise che non gli bastava più assorbire dai libri degli altri, aveva un impellente bisogno di esternare agli altri ma cosa esternare se non provava sentimenti ed emozioni? Iniziò a descrivere se stesso per quell'essere freddo che era, poi si fece trasportare nel perché era così, infine scrisse come, secondo lui, lo percepivano gli altri. Fu un esercizio che lo aiutò a riportare a livello cosciente alcune considerazione di sé che finora aveva volutamente nascosto.

Quello che vide fu un'immagine di sé odiosa, immersa nella vita materiale senza spazio alcuno per i sogni e senza immaginazione creativa. Si sentì un animale con la vita programmata dalla nascita alla morte.

Così preso velocemente un soprabito si diresse verso le scogliere a guardare il mare in tempesta, come il suo animo.

Si inebriò dell'aria di mare e di pioggia per un lungo periodo, poi come ricaricato tornò verso casa. Le giornate avvenire scorrevano più velocemente, trascriveva ogni particolare inusuale che gli si prospettava innanzi, il cliente che suscitava timore, la rivolta di quartiere che aggregava folle, il litigio che sprigionava rabbia e così via.

A casa con calma e solitudine rileggeva i suoi appunti e rivedeva nella fantasia le scene descritte. A poco a poco iniziò a sceneggiare le vicende con dei brevi aneddoti finali. Poi provò a dar vita a dei personaggi in una storia di spionaggio che si svolgeva a Milano nei tempi degli anni di piombo. Non ne fu molto soddisfatto e quindi, dopo vari tentativi di modellare la storia, ripose il manoscritto in un cassetto.

Il giorno dopo lo riprese in mano e dandovi un'occhiata di sconforto lo cestinò. L'inizio era scoraggiante, non che avesse dei programmi espansionistici riguardo ad un'eventuale pubblicazione, le sue motivazioni erano molto più personali. Desiderava essere nuovamente uno spettatore attivo della creazione che si svolgeva intorno a lui, desiderava fortemente provare sensazioni ed emozioni e condividerle con gli altri, ma era sempre lontano da questa magia.

La notte le vicissitudini del suo passato combattevano per venire a galla nella sua mente, da quella cella nascosta in cui le aveva chiuse.

Lo sforzo mentale divenne anche fisico riempiendolo di sudore e destandolo con il terrore negli occhi.

Aveva vinto una battaglia ma la guerra si preannunciava lunga. Uscì di casa e si diresse al lavoro nella speranza che l'impegno in esso lo distraesse da questi pensieri assillanti.

C'era il solito flusso di persone dedite a curiosare, ed altre con le idee chiare sull'oggetto che desideravano acquistare. Si immerse nel solito programmato personaggio che illustra l'articolo e dà tutti i chiarimenti del caso, questo lo rilassò e giunse alla pausa pranzo rinvigorito mentalmente.

Una promoter quel giorno presentava un nuovo apparecchio per la pulizia della casa e Marco non poté fare a meno di notare il suo fascino.

Ben vestita, sorridente e molto espansiva con le persone, in particolare verso gli anziani. Sorrise a Marco che transitava nella corsia antistante con dei possibili acquirenti e lui ricambiò.

A chiusura lei lo avvicinò e gli disse: "Anche oggi é andata!" Marco la guardò sorridendo e la vide ancora più carina dell'inizio giornata, poi rispose: "Non é stata poi così male, considerando il periodo di crisi economica che attraversiamo credo che le vendite siano state buone. Penso che comprerò anche io il Robot che promuovi, mi risparmierebbe molto lavoro in casa."

Lei rifletté su quelle parole, ed arrivò alla conclusione che Marco era single o separato, aveva una casa in cui viveva da solo ed un buon lavoro. Gli balenò l'idea di chiedere conferma di ciò, poi prevalse la paura di apparire impicciona e si trattenne.

Il giorno dopo, però, Marco era di riposo e lo sostituiva una collega che era molto meno operosa nel lavoro ma nominata da tutti per la sua propensione a conversare troppo ed inutilmente.

La promoter, Maria, trovò in lei l'informatore ideale per sapere tutto di Marco senza dare l'idea di essere interessata. Infatti iniziò a parlarne con la commessa quasi in malo modo, adducendo che forse lei operava meglio del collega nel reparto, e facendosela così amica al punto da farsi rivelare tutti i risvolti da lei conosciuti della vita di Marco.

Venne a sapere l'età, che era molto apprezzato dalla direzione, cosa che faceva rabbia ad alcuni colleghi, che non aveva impegni affettivi anche se alcune addette avevano sperato in un invito. Maria chiuse il discorso con la commessa invitando un cliente a constatare la semplicità dell'elettrodomestico che presentava, mentre l'altra, sempre riferendosi a Marco, diceva: "Ma chi si crede di essere! Si sente una spanna più alto degli altri".

E indispettita si diresse verso un altro reparto in cerca di un nuovo compagno con cui parlare. Maria sorrideva dentro di sé di quell'invidia che aveva sprigionato l'addetta al reparto e della calma con cui Marco affrontava tale situazione.

L'immagine di lui prese ancora più forza e desiderò fosse all'indomani per rivederlo. Marco trascorse la giornata facendo scorta di cibi, detersivi e qualche libro appena pubblicato.

La sera in poltrona gli tornò in mente Maria e il suo sorriso, poi ricordò di aver acquistato il robot e passò un'ora a programmarlo, leggere le istruzioni e finalmente vederlo funzionare.

Aveva trovato un aiuto per le pulizie, guardò il robot che aspirava in giro per la casa, per poi andare a ricaricarsi. Gli sembrò di vedere se stesso che lavora tutto il giorno per andare a letto la sera a riposare.

Aveva bisogno di differenziarsi dalla macchina, ma non sapeva come. La giornata lavorativa ebbe un'impennata verso le undici, quando fu lanciata un'offerta fino ad esaurimento scorte di un modello di Tv che andò praticamente a ruba, quindi Marco fu praticamente assalito dai clienti per dare le delucidazioni sull'articolo per tutto il giorno.

Quando venne l'ora di chiusura tirò un sospiro di sollievo e guardò soddisfatto il totale degli articoli venduti. Il suo sguardo percorse lo scaffale Tv per vedere come allestire il nuovo display e incrociò quello di Maria che era completamente perso nel contemplare lui.

Si sorrisero con un po' di imbarazzo e terminarono di compilare le pratiche delle vendite della giornata evitando di guardarsi. Maria dentro di sé sperava di scambiare con Marco qualche parola prima di uscire dal lavoro, ma rimase delusa.

Andò in bagno per rassettare il trucco ed i capelli ed uscì dall'ingresso riservato agli addetti. Marco l'attendeva appoggiato ad un muretto, le fece cenno di avvicinarsi e lei, senza pensarci un momento, si mise al suo fianco e si allontanarono verso l'auto che Marco aveva parcheggiato non in vista. Era ciò che lei aveva sognato la notte prima e si era avverato, quindi sperò che anche il continuo del sogno in cui la baciava si avverasse.

E così fu, appena seduti in macchina Marco la avvicinò dolcemente e, aspirando il suo profumo, la baciò intensamente sulle labbra.

Passò del tempo prima che prendessero una pausa, volevano cibarsi l'uno dell'altra e non erano ancora sazi. Maria telefonò alla madre e la avvertì che avrebbe dormito fuori, si diressero a casa di Marco con in mente solo il desiderio di amarsi fino alla nausea.

Maria riuscì a dare a Marco quel piacere che ormai rappresentava solo un ricordo e lui la fece impazzire di gioia ed esplodere di piacere, cose che anche per lei erano passate da un'eternità.

Si raccontarono molto della loro vita senza spingersi nei meandri dei ricordi troppo personali che avrebbero spento la felicità del momento.

Verso le tre collaborarono a preparare e a divorare due abbondanti porzioni di pasta al pomodoro, che era il piatto forte di Marco, dopodiché il sonno la ebbe vinta su entrambi. Alle sette suonò la sveglia che avvisava dell'inizio di un nuovo giorno con tutte le azioni quotidiane programmate.

Ma dopo un bacio di buongiorno nessuno dei due aveva la forza di alzarsi, così trascorsero ancora un po' di tempo accarezzandosi e poi corsero a prepararsi.

La settimana seguente trascorse piacevolmente, si concessero gite serali nelle località limitrofe alla ricerca di ristoranti intimi, visite a fiere e mercatini di paese, ma tutto aveva la sua estasi nella stanza da letto in casa di Marco.

I loro corpi si conobbero minuziosamente e insieme esplosero In sensazioni indescrivibili di piacere. Maria terminò il suo lavoro di promoter nel centro commerciale dove era impiegato Marco e dovette recarsi a Grosseto per due settimane a presentare lo stesso articolo presso un galleria di negozi. Non era un addio ma i due sentirono da subito che quell'allontanamento, anche se temporale, gli avrebbe pesato molto.

Fu il primo di molti periodi lontani, Maria svolgeva il suo lavoro per un'agenzia che copriva tutta la Toscana e lei aveva dato la sua disponibilità ad effettuare trasferte.

Questo però le permetteva di avere anche alcuni giorni liberi tra una trasferta e l'altra che lei, oltre a trascorrere con Marco, impiegò per trasferirsi in casa di lui e riorganizzarla per renderla ottimale alla convivenza.

Pranzavano al lavoro e la sera rientravano velocemente a casa per godersi l'intimità di una cena preparata e consumata insieme.

Il tempo rese il loro amore ancora più profondo svelando particolari sconosciuti dell'uno e dell'altra.

Maria era amante della pittura ed aveva dedicato molto del suo tempo libero alla visita di gallerie e cattedrali in tutta Italia. Marco era diventato un assiduo lettore e collaborava alle recensioni delle nuove uscite presso la libreria di Pisa, della quale era ormai cliente affezionato.

Stavano raggiungendo passo dopo passo i cinquanta anni senza essersi raccontati a quattr'occhi la vita vissuta prima di conoscersi.

Non avevano figli, era un argomento che entrambi avevano evitato, molte volte Marco si era domandato il perché del distacco da parte di Maria nei confronti dei bambini, poi aveva scelto di non approfondire la questione per paura che venisse riacceso qualche dolore del passato.

Comunque c'erano i due nipoti da viziare con i regali che avrebbe desiderato donare ai suoi figli.

Un fine settimana di giugno Maria propose di trascorrerlo a San Gimignano, un paese che, oltre alla sua posizione geografica invidiabile, aveva un passato impregnato nell'arte. Partirono di buon mattino e una volta raggiunto il paese lo percorsero camminando lentamente e godendo dell'aria impressa di storia che le viuzze emanavano.

Visitarono musei e il palazzo del Podestà, dove ammirarono l'affresco di Memmo di Filippuccio del XIV sec.; si soffermarono nei vari bazar che offrivano piccoli oggetti ricordo e gustarono i cibi del luogo.

Fu allora che il sapore della cacciagione fece venire in mente a Marco ciò che non avrebbe voluto ricordare, l'immagine di

Nida che serviva il cibo a lui e Venanzi e poi l'immagine di Jane che scompariva salutando.

Cercò di nascondere il suo stato d'animo adducendo un lieve malessere a causa del caldo, ma sentiva dentro di sé il bisogno di rivedere Nida, se effettivamente esisteva, per avere conferme di un passato che gli apparteneva solo con flebili immagini.

Al ritorno fecero la strada, che Marco ricordava come descritta in un libro letto anni prima, per dirigersi al Bed and Breakfast di Castelfiorentino, trovò i cartelli che segnalavano il percorso e raggiunsero il casolare.

Nida li accolse con un sorriso che Marco ricordò e ricambiò, lei non lo riconobbe forse perché mai lo aveva conosciuto e lui non fece niente per rivangare quella sera ormai remota nella mente.

Fu quando Maria, dopo il caffè, si alzò per andare in bagno che Nida si avvicinò a Marco e gli disse "Prendi, questo disegno è tuo lo hai lasciato qui tanti anni fa!" Marco lo guardò e riconobbe la scena dei Partigiani che aveva fatto piangere Nida trenta anni prima, solo che questa volta fu lui a piangere. Marco porse a Nida il disegno e le disse: "Sta molto meglio in mano tua, visto che lo hai conservato tutto questo tempo, inoltre è l'immagine che mi ha suscitato una persona a te cara solo perché mi trovavo vicino a te, quindi se c'è un messaggio quello e per te."

Nida sorrise felice e versò per entrambi il vinsanto che aveva portato.

Si salutarono promettendo di rivedersi al mare d'estate anche se lei doveva lavorare.

Il ritorno verso Livorno fu piacevole, Marco aveva riacquistato il controllo di sé dopo l'incontro con Nida e Maria lo riempiva di domande sull'architettura e sulla storia di San Gimignano.

Giunti a casa ritirarono la posta dalla cassetta e tra le solite bollette da pagare e depliant pubblicitari trovarono l'invito per presenziare all'inaugurazione di una mostra di quadri di Venanzi a Parigi, corredato di due biglietti aerei per il mese avvenire.

La sorpresa fu grande per Marco che aveva lasciato affievolire i rapporti con l'artista, mentre Maria sprizzava felicità per l'avventura artistica che si prospettava. Si organizzarono con il lavoro per ottenere una settimana di ferie e partirono alla volta di Parigi, città che a Marco riapriva ricordi e ferite. L'inaugurazione sarebbe avvenuta la sera, quindi una volta alloggiati in albergo gli rimase tutto il pomeriggio libero per girovagare.

Maria espresse il desiderio di visitare la torre Eiffel e Marco, suo malgrado, non poté esimersi da accompagnarla.

Tutto appariva diverso ai suoi occhi, quel luogo non lo sentiva più suo ma come una casa ormai passata di proprietà ad altri.

E così era. Non riconobbe personaggi che aveva frequentato nella sua parentesi parigina, solo alcuni luoghi gli erano familiari.

In particolare fece in modo di avvicinarsi dove un tempo c'era la panchina dove trascorreva le notti, ma inutilmente, adesso al suo posto sorgeva un piccolo chiosco. Si avventurarono fino alla sommità della torre, con grande soddisfazione di Maria che finalmente poteva vedere Parigi dall'alto e realizzare un vecchio sogno.

La sera l'incontro con Venanzi fece sentire il peso degli anni di entrambi, strette di mano e abbracci furono sufficienti a cancellare qualsiasi dubbio sul sentimento di amicizia che li legava.

La mostra riproponeva scorci di quartieri parigini con pitture ad olio ma che apparivano come fatte ad acquarello e variopinte.

La bellezza della donna parigina veniva esaltata nei tratti corporei e nei vestiti ed anche in scene osé, cose che fecero il suo effetto su Maria.

In effetti la sera a cena Marco fu escluso dalla discussione sulla nuova figurazione che avevano intrapreso.

Fu a tarda ora che la coppia riuscì a rientrare in albergo e Maria non la smetteva più di manifestare il suo estremo stato di felicità. Nei giorni seguenti fecero visita ai musei e acquisti presso i grandi magazzini, passavano regolarmente un'ora al giorno in galleria con Venanzi che, però, non cercò mai di scoprire se Marco avesse elaborato mentalmente un rientro nel mondo dell'arte.

Poi venne il giorno della partenza e Venanzi fece la sua comparsa con un regalo per Maria, una piccola tela con dipinto Dio nell'atto della creazione della terra.

Lei rimase entusiasta e volle portarlo come bagaglio a mano per paura che lo danneggiassero nella stiva dell'aereo.

Una volta a casa Maria non aveva parole per esprimere l'esperienza appena vissuta e così, per dimostrare quanto la avesse apprezzata, spinse Marco in camera e lo fece schiavo del suo amore per tutta la notte. Dopo alcuni anni, una mattina, leggendo le notizie sul giornale Marco vide che presso la galleria di Firenze dove aveva esposto i suoi quadri si era verificato uno strano furto con scasso.

Il fatto che lo rendeva strano era che, nonostante vi fossero decine di quadri d'autore in vendita, il ladro si era impossessato solo di un dipinto 50x70 situato nel magazzino, di proprietà della galleria.

Quello che lo colpì lasciandolo pietrificato fu che il dipinto era uno dei suoi, lasciato a suo tempo alla galleria, non ricordava se in dono oppure in conto vendita, comunque era inverosimile che un ladro avesse rischiato tanto solo per impossessarsi di quel dipinto.

Il furto tra l'altro era stato ben organizzato, tenendo il considerazione gli orari del metronotte e ingannando l'allarme video che vi era installato.

Marco pensò che il furto fosse stato effettuato su commissione e che il ladro si fosse impossessato del quadro sbagliato.

Ma di che quadro si trattava? Questa domanda gli logorava la mente, sapeva di averne lasciati alcuni alla galleria ma ne restavano solo due invenduti.

Solo che non sapeva quali ed in effetti ricordava poco di tutti.

Con questa consolazione sperò che la cosa finisse lì, ma non fu così.

Maria, che leggeva di rado quelle notizie, limitandosi alla cronaca della città, ne fu come calamitata e scorrendo l'articolo rimase inebetita, guardò Marco a bocca aperta sperando che fosse un errore.

Raccontò a Maria del perché un suo quadro si trovava in quella galleria ricordandole di una mostra da lui fatta a Firenze anni addietro quando dipingeva.

Maria voleva di più, voleva i particolari dell'evento e peggio ancora voleva conoscere il dopo.

Non era facile affrontare tutto ciò, ma il tempo trascorso rendeva il ricordare certi fatti molto meno doloroso di quanto si aspettasse, così iniziò con cautela la storia di quella parte della sua vita con minuzia di particolari, senza tralasciare il perché aveva abbandonato il successo ottenuto come artista. Maria dopo averlo ascoltato fece la domanda che lui temeva: "Quindi per me non provi l'amore che provavi per questa ragazza, visto che in sua compagnia hai dipinto e con me non ci hai mai nemmeno provato. Non sono certo la tua musa ispiratrice."

"No, non è come pensi, anzi io ti amo moltissimo ed è per questo che non voglio dipingere visto che ogni volta che lo faccio le persone che amo soffrono. Io non voglio che ti accada niente, ma credo che se di una maledizione si tratta la vittima predestinata è la mia compagna, che io posso proteggere solo non dipingendo."

"Se questa è la tua convinzione la rispetto e scusami se ti ho detto quelle cose, in fondo la gelosia ogni tanto si deve far sentire.

Adesso capisco la tua preoccupazione per quel dipinto trafugato."

"Probabilmente si è trattato di un errore da parte del ladro, forse doveva rubare qualche cosa che non si trovava più nella galleria e ha preso quel dipinto solo perché gli piaceva."

"Non so le tue quotazioni ma non credo che valesse la pena rischiare un furto per avere quel quadro."

Marco si incuriosì a quella frase, neanche lui sapeva le quotazioni delle sue opere, corse al computer per fare una ricerca su internet e vedere se trovava la risposta.

Dopo un po' ebbe fortuna e trovò quello che cercava: un sito elencava tutti i pittori italiani e la quotazione delle opere per misura.

Le sue erano oltremodo inaspettate, il 100x150 era quotato cinquemila euro ed il 50x70 tremila euro.

Non erano cifre da giustificare un furto anche perché era un prezzo indicativo a cui poi il gallerista avrebbe praticato sconti fino al 50%.

Quindi i due si guardarono e alzando le spalle restarono dell'idea che era stato solo un caso.

Ma il giorno dopo arrivò la telefonata temuta, la Polizia voleva vedere Marco al comando di Livorno dove avrebbe avuto un incontro con uno specialista di furti d'arte di Firenze.

Marco non riuscì, nonostante scavasse nella sua mente, a ricordare i quadri che erano rimasti in galleria. Il giorno dopo si recò all'incontro dopo aver ottenuto un permesso di lavoro, il quadro era lì sulla scrivania dell'investigatore, o meglio la sua foto che la gallerista aveva conservato.

Rimase di stucco quando vide di cosa si trattava.

Era la prova d'autore che Marco aveva dipinto della scissione di se stesso dal suo corpo materiale, con due figure identiche evanescenti, che si allontanano quasi salutandosi, una verso l'alto in un vortice viola e l'altra verso una strada di città.

Ricordò quanto quel dipinto lo avesse disorientato dal filo conduttore della mostra e quanto fosse stato combattuto dal desiderio di non esporlo fino a che non aveva scritto la pergamena che in parole spiegava il significato del quadro.

Si guardò bene da dare queste spiegazioni e mantenne un comportamento dispiaciuto ma distaccato, in fondo il quadro non era più suo, o lo era sempre? A questa domanda rispose l'investigatore confermando che il quadro era di sua proprietà e la galleria lo aveva in conto vendita.

Finalmente era svelato un altro mistero. L'investigatore aggiunse che avrebbe dovuto firmare una denuncia e poi mettersi in contatto con l'assicurazione della galleria per conoscere i dettagli per il rimborso del valore dell'opera trafugata.

Da un lato aveva rivisto un dipinto, anche se in foto, che aveva un particolare significato e dall'altro si prospettava un'entrata finanziaria che al momento avrebbe fatto comodo.

I mesi passarono senza altri fatti di rilievo, l'unica cosa che rappresentava una novità era il manoscritto che Marco stava compilando, una storia di fantasia che prendeva ispirazione dalla sua avventura trascorsa vagabondando a Parigi nel periodo peggiore della sua esistenza.

Non era una biografia ma un racconto di spionaggio industriale dove il vagabondo finiva per fare la parte dell'eroe in punto di morte.

Dopo un anno lo terminò e subito Maria lo lesse e lo rilesse affascinata dalla descrizione del modo di vita del vagabondo così realistico e raccontato con semplicità senza trascurare i pensieri più strani che gli potessero passare per la mente.

Baciandolo gli chiese "Hai già idea di mandarlo a qualche casa editrice?" Marco la guardò con meraviglia, non le rispose perché, anche se desiderava pubblicarlo, aveva paura che ciò l'avrebbe messa in pericolo di vita.

Sapeva che non era un dipinto ma era in ogni caso un'opera d'arte da lui prodotta e questo gli dava molto da pensare.

"Non ho intenzione di pubblicarlo, lo farò leggere solo a pochi intimi se vorranno."

Maria capì ma ribatté "Non ti sembra di esagerare, ancora con quella storia, va bene non dipingere perché ti fa star male l'idea che ti sei fatto di menagramo, ma il libro oramai lo hai scritto quindi il dado è tratto."

Aveva ragione, non doveva scriverlo se era convinto che anche quello avrebbe provocato la morte di Maria, ma non aveva pensato a questo finché non lo aveva terminato.

Decisero di dormirci sopra. Il libro fu pubblicato tre mesi dopo con relativa presentazione nelle varie librerie, in particolare quelle di Livorno, città natale dell'autore, e quella di Pisa dove Marco aveva assistito a tante recensioni di altri scrittori, adesso toccava alla sua creatura. Le vendite erano incoraggianti abbastanza da invogliare Marco a progettarne un secondo.

Aveva la preparazione culturale giusta, un lavoro che gli lasciava un po' di tempo libero ed una compagna che anziché ostacolarlo lo incitava, perché esitare.

La notte cercò di stendere uno schema plausibile per una nuova storia, poi d'improvviso si addormentò o meglio si ritrovò a vorticare con la mente a lungo finché nel viola incontrò una figura evanescente.

"Da pittore a scrittore come dalla padella nella brace! In entrambi i casi c'é il fuoco che brucia, solo che nel primo caso è il fuoco artistico nel secondo è reale."

Marco emanava scintille di luce dalla sua immagine, convogliando le braccia verso il cielo disse "Mi avevi detto di non prendere scorciatoie ed io le sto evitando, credo. Ma non capisco perché così facendo mi rendo la vita complicata."

L'iridea figura sorrise e volò in alto con Marco al seguito, poi gli disse: "Vedo che migliori, ti stai ponendo delle domande interessate e non ti vedi più come in un film ma senti di essere tu, sia qui che laggiù in terra, stai ricreando l'unione tra il te stesso ed il tuo essere materiale. Potresti ridipingere il quadro che hanno rubato usando come immagine l'unione anziché la separazione e chiudere la storia."

"Cosa intendi per chiudere la storia?" chiese Marco, ma non ottenne altra risposta che un'esplosione di colori che pian piano si affievolì, seguita dal suono della sveglia che lo richiamava in terra.

Si svegliò nervoso e poco loquace, cosa che fece dispiacere a Maria, abituata ad essere vezzeggiata e ad iniziare la giornata scherzosamente.

Marco non aveva voglia di niente se non di un caffè forte e solitudine.

Cose che si realizzarono in un batter d'occhio perché Maria doveva lavorare a Lucca e quindi corse via baciandolo sulla guancia e dandogli appuntamento per la sera.

Marco si aggirò per la casa senza meta alla ricerca di un pensiero che non veniva, poi si preparò e si diresse al lavoro dopo aver dato uno sguardo sfuggente ai suoi appunti per il nuovo libro.

Mentre guidava il suo pensiero vagava tra i possibili scenari in cui far muovere il personaggio del racconto che aveva in mente, ma ogni volta che cercava di inserirlo in un evento la strada lo distraeva con frenate improvvise dei conducenti avanti a lui o mancate precedenze di altri.

Così fu un po' preso dalla rabbia e si concentrò sulla guida lasciando gli altri pensieri a momenti migliori.

Quel giorno al lavoro doveva esporre una marca molto conosciuta di TV 3D ad un prezzo alquanto elevato ma giustificato dalle ottime qualità, ed un'altra marca sconosciuta che offriva il solito prodotto ad un prezzo notevolmente inferiore ma con, sulla carta, le solite caratteristiche.

Marco odiava quel tipo di vendite, create per mettere a paragone due prodotti e veicolare le vendite su quello di costo inferiore senza spiegare il perché di tale differenza.

Lui sapeva che il venditore guadagnava di più a vendere la marca sconosciuta anche se il prezzo era inferiore ma sapeva anche che il prodotto avrebbe alla lunga dato molti più problemi di guasti e reperibilità di ricambi. Ma il suo compito era vendere, il resto non era un problema suo.

Mentre montava l'esposizione delle TV si accorse che, nonostante gli sforzi del tecnico che li metteva in funzione, due TV identiche montate su un ripiano bi-facciale all'ingresso della corsia non funzionavano bene.

Uno aveva solo la funzione audio e l'altro alle sue spalle quella video. Rise senza curarsi dei tecnici e questi lo squadrarono dall'alto in basso, poi gli disse: "Mettete quello a cui non funziona il video dietro l'altro in modo che non si veda, poi regolate su di un canale entrambi e ricordiamoci di non vendere questi due ma solo il numero presente in magazzino."

Il tecnico ed un altro addetto all'esposizione articoli si affrettarono ad eseguire e Marco continuò la sua ispezione prima dell'apertura al pubblico.

La sera a casa con Maria si raccontavano come al solito i fatti più salienti della giornata e Marco gli disse dei due TV e di come aveva reagito il tecnico alla sua idea, felicissimo perché si fosse risparmiato di allestire altre due TV a dieci minuti dall'apertura.

La notte gli venne il dubbio di aver ingannato il pubblico con quel trucchetto ma ormai era andato tutto bene e l'indomani non c'erano più quei prodotti in offerta.

Così si addormentò ma i pensieri oramai erano veicolati in quel senso. Sognò che era un grande scrittore che partecipava a convegni e veniva invitato a dibattiti culturali, ma poi nella casa dove abitava aveva per compagnia un giovane ricercato dalla Polizia, che lui nascondeva in cambio dei suoi scritti.

Da questi egli ricavava i libri firmati con il proprio nome che le vendite avevano reso così famosi.

Si svegliò di soprassalto con un peso grave sullo stomaco, dette la colpa alla cena ma sapeva che non c'entrava niente.

Si appoggiò all'antico schienale del letto provando a leggere gli appunti del libro ma ciò che vedeva erano le parole scritte sul foglio di destra e di sinistra che si ammucchiavano una sull'altra al centro per formare infine un simbolo "1".

I mesi che ne seguirono non furono dei migliori, il lavoro stentava a causa della recessione in corso, la vita familiare era monotona ed i problemi economici avevano la meglio nei pensieri della coppia, ma quello che più gli faceva male era la perdita della visione fantasiosa da poter raccontare nei suoi scritti.

Non riusciva a delineare una storia per il suo libro, o meglio, ne abbozzava di continuo per poi scoprire che erano troppo irreali o prendevano spunto da altre già scritte.

Il rapporto con Maria era sempre più distaccato, un po' per i problemi di lavoro che anche lei subiva ma, soprattutto, per la mancanza di dialogo tra i due che si era venuta a creare nonostante gli sforzi di lei per riuscire a essere partecipe dei pensieri di Marco.

Dentro di sé sentiva di nuovo quella sensazione, sopita da tempo, che lo aveva portato a vivere a Parigi sotto la torre, tanti anni prima, ma non capiva cosa gli provocava questo dissesto mentale.

Maria pensò che dietro tutto ciò vi fosse uno stato di malessere fisico e lo convinse a fare analisi su analisi e visite specialistiche che si rivelarono inutili: fisicamente Marco stava bene.

Anche il fratello e la cognata cercarono di comprendere il perché di questo cambiamento e si preoccuparono molto visto cosa era avvenuto in passato.

Dopo alcuni giorni lo cercò telefonicamente la galleria, voleva conoscere i dati bancari dove accreditare l'importo della vendita dell'ultimo quadro rimasto in galleria e per fortuna non rubato, l'importo lo fece sobbalzare ma la cosa che più fece restare a bocca aperta Maria fu che Marco sorrise di gusto.

Avevano sborsato per l'acquisto ventimila euro, era fuori da ogni logica, visto che la galleria aveva richiesto un'offerta dell'acquirente senza porre limiti. Il quadro era destinato ad una collezione privata di una società lussemburghese, non era dato sapere molto di più.

Aveva saputo dalla galleria che il dipinto era 100x150 e che gli avrebbero mandato la foto via e-mail visto che non lo ricordava.

Il giorno dopo arrivò la seconda sorpresa, l'assicurazione gli aveva spedito un assegno per il quadro rubato di ottomila euro.

Finalmente il conto in banca fece un respiro di sollievo e anche la coppia si riunì nel momento felice, ritrovando quel rapporto a due che si era assopito.

La tenerezza riprese il sopravvento nella loro convivenza e l'interesse per il mondo esterno vinse sull'apatia e la tristezza degli ultimi mesi.

Fu per la felicità che la inebriava che Maria immaginò un viaggio lontano dal consumismo e dalla modernità.

Programmò così un tour del Kenya con scalo a Nairobi e Monbasa e spedizioni nella riserva a sud del monte Kenya, luogo di cui aveva visto alcuni documentari in TV che la avevano affascinata per la caccia fotografica che permetteva di immortalare scene faunistiche indescrivibili.

Marco non ebbe da obiettare, in fondo poteva essere la cura giusta alla sua apatia letteraria e un pozzo di idee per la sua fantasia assopita.

Programmarono le ferie al lavoro per gennaio, e fecero la felicità di molti altri che si trovarono libero il periodo estivo che la coppia avrebbe avuto disponibile. Dovettero fare vaccinazioni obbligatorie e visite specialistiche per ottenere il visto e nel frattempo visitarono varie agenzie di viaggio che promettevano pacchetti a prezzi stracciati.

L'età dei due, che avevano passato ormai i cinquanta, non permetteva un viaggio stressante e quindi optarono per un pacchetto più costoso ma di gran lunga più adatto come comodità alberghiere e mezzi di trasporto.

Venne finalmente il giorno della partenza con Marco che ricontrollava per l'ennesima volta di aver portato con sé blocchi notes, penne, album, matite, macchina fotografica e cinepresa.

Maria aveva, invece, una scorta di depliant dei tour del Kenya che avrebbe analizzato in aereo per farne una cernita e scegliere i più interessanti. Il viaggio fu molto comodo e curato nei particolari da delle hostess molto premurose che gli fecero ricordare Jane.

Atterrarono a Nairobi e il primo impatto alla vista della città e dei suoi abitanti fu impressionante, tanto che Marco dovette togliere la macchina fotografica dalle mani di Maria che oramai era troppo presa a scattare foto a tutto e tutti.

Cosa li colpì maggiormente fu la presenza in un angolo della via di un uomo raggomitolato su se stesso e nei propri escrementi, oramai passato all'aldilà da un po' di tempo.

Poi lo sguardo girò dintorno posandosi sulle persone che passavano vicino e che non lo degnavano di uno sguardo e non facevano niente per chiamare i soccorsi.

In effetti impararono che era normale morire per la strada per gli abitanti del posto, civilizzati all'uso di droghe e alcool ma non al rispetto degli altri.

Le auto non erano molte ma gli autobus sì, ed erano pieni fino all'orlo, carichi anche sul tetto di ogni cosa immaginabile.

Qualche bus oltre alle persone trasportava anche gabbie di volatili ma quello che fece maggior effetto ai due fu il mercato, completamente all'aperto, vi si vendevano animali a pezzi, con ancora le interiora penzoloni ed una marea di insetti intorno, riso già cotto e un misto di quello che sembrava farina gialla.

Non avevano ancora preso coscienza della situazione in cui erano capitati, ma per fortuna, arrivò una Jeep che suonando il clacson si fece spazio tra gli animali e le persone che ingombravano con noncuranza la strada e li affiancò chiamandoli per cognome.

Era l'inviato dell'hotel Masai Mara che avevano prenotato. Salirono sul mezzo dopo i saluti di rito e caricarono dietro il bagaglio.

Dopo circa un'ora di strada raggiunsero un bivio che entrava tra i campi in una stradina sterrata, il conducente fece capire che da lì iniziava la riserva e che avrebbero visto molti animali.

Infatti così fu. Prima incontrarono miriadi di gnu che somigliavano alle nostre mucche, poi le scimmie che apparivano anche simpatiche a Maria, ma poi trovarono sulla strada a bivaccare tre leoni, due femmine ed un maschio che avevano ucciso un animale ormai irriconoscibile per loro ma che il pilota riconobbe per un bufalo africano.

Arrivarono e si sistemarono in una camera accogliente e fresca. L'hotel sembrava un elemento fuori posto in quell'area selvatica, attrezzato con tutti i comfort, con camerieri in livrea, una piscina tra i giardini ben curati e per finire una discoteca.

Sembravano due dimensioni diverse dove si poteva passare dall'una all'altra attraverso una porta. La cena fu soddisfacente, anche se entrambi non capivano, a volte, che animale stessero mangiando.

Però erano affamati e trattandosi di volatili arrosto non si preoccuparono più di tanto.

Accompagnarono il cibo con acqua minerale che chiesero gli fosse aperta dinnanzi, come gli era stato raccomandato dall'agenzia di viaggi e gustarono anche due bottiglie di birra tedesca che, immaginarono giustamente, gli sarebbero costate un occhio della testa.

Ma che importanza aveva in fondo, erano insieme in vacanza per un guadagno inaspettato e felici, finalmente.

I giorni successivi trascorsero facendo escursioni alla ricerca di animali da fotografare da vicino per la gioia di Maria, una mattina trovarono lungo la strada le carcasse di cinque gnu divorate dai leoni, ai due fecero un po' pena ma in fondo era la legge della vita.

Si spinsero fino ad un villaggio masai dove videro gli usi ed i costumi di questa popolazione dedita all'allevamento ed alla caccia, ed assistettero ad una cerimonia di matrimonio.

Trascorsi dieci giorni furono riaccompagnati a Nairobi a prendere un volo per Monbasa, dalla città proseguirono per Malindi dove alloggiarono in un hotel sul mare con tutti i comfort che Maria aveva visto solo nei film.

Dopo l'avventura nella riserva masai, per Mara i cinque giorni di riposo a Malindi furono un toccasana. Marco e Maria fecero molti bagni nel mare cristallino e godettero delle iniziative dell'hotel per intrattenere i clienti: balli, feste tribali e spettacoli musicali.

I giorni a disposizione trascorsero velocemente e carichi di piccoli regali per i nipoti presero l'aereo che li avrebbe portati a casa. Il rapporto tra i due era tornato quello dei primi giorni che si erano conosciuti, Marco non aveva più i suoi periodi neri, dialogava di tutto con Maria che entusiasta lo ascoltava e sprizzava gioia dal suo eterno sorriso.

Il lavoro riprese per entrambi e, come al solito, c'erano periodi che non si vedevano anche per una settimana.

Una sera, nel suo studio, Marco decise di riprovare a scrivere una storia, ambientando la vita del protagonista nel Kenya, di origine europea in Africa per affari subisce un grave tracollo finanziario e decide di rimanere e cacciare di frodo al soldo di trafficanti di trofei e pellicce di animali.

Dopo due ore di lavoro si rese conto che era una storia già sfruttata in parte da altri scrittori e cestinò il tutto con desolazione. Non era servito ad un granché la gita in Kenya alla sua fantasia, oppure dipendeva da lui che non la sapeva sfruttare nel modo giusto.

Come faceva quando quella sensazione si impossessava di lui uscì, prese l'auto e si diresse al Castel Sonnino sul lungomare. Era buio ed una serata senza luna, l'unica cosa piacevole era l'aria fresca e frizzante sulla pelle.

Scese, con l'aiuto di una torcia, fino alla riva attraverso un pericoloso sentiero e si sedette su uno scoglio a disperdere i propri pensieri sulle onde del mare.

Ricapitolò la sua esistenza attuale: una casa accogliente, una compagna eccezionale, un lavoro soddisfacente, abbastanza tempo libero ed un po' di soldi da parte, cosa gli mancava in fondo.

Gli mancava dipingere e lo sapeva benissimo ma aveva rinunciato per un valido motivi, lo voleva sostituire con la scrittura ma non ci riusciva, o meglio, la sua fantasia non lavorava in quel senso.

Dopo aver riflettuto inutilmente su questo decise che era ora di fare ritorno e mentre risaliva il sentiero gli balenò un'idea nella mente che lo fece sperare di nuovo. Un pittore dipinge per far vedere agli altri la sua interpretazione di un evento, uno scrittore lo racconta, ma il punto di partenza nella mente è l'immagine dell'evento, quindi basta figurarsela e descriverla come se la stesse dipingendo.

Facile a dire, un po' meno da fare, infatti oltre alla descrizione di un paesaggio e di ciò che vi accade, il colore riesce a dare emozione, perché gli occhi lo vedono, diverso invece è sentirlo descrivere. Ma forse riuscire a realizzare un misto delle due cose, una trama e una buona descrizione dell'ambiente, avrebbe stimolato la fantasia del lettore fino ad immergerlo nell'evento.

Quindi realizzò che doveva dipingere la scena cruciale per poi far defluire da essa il racconto.

Era come creare uno schema da cui dipartire lo svolgimento, ma c'era un problema non trascurabile, questo avrebbe comportato dipingere di nuovo.

L'idea venne scartata immediatamente, aveva troppa paura di riprendere i pennelli in mano, però niente vietava di creare che il quadro esistesse come immagine nella sua mente.

A casa provò ad immaginare di essere davanti ad una tela e dipingerla, sbozzò mentalmente il paesaggio intingendo i pennelli nel diluente e mischiando i colori, per poi accennare delle figure.

Poi con un pennello piccolo ritoccò i contorni e con la spatola velò il sottofondo. Il quadro nella sua mente prese forma e Marco si rese conto che la memoria ricordava perfettamente dove il tratto del pennello non aveva ancora dipinto.

Tutto questo lo rese felice, finalmente poteva dipingere, anche se solo dentro se stesso.

Provò a scrivere ciò che vedeva nel suo quadro immaginario ed uso parole comuni ai critici d'arte e meno ai letterati. Rilesse la sua descrizione di quella scena di contadini intenti alla mietitura mentre le donne preparavano il cibo spennando dei polli e cuocendo della polenta in un paiolo su di un braciere. La tavola apparecchiata all'aperto e gli animali da cortile liberi di scorrazzare tra frotte di bambini schiamazzanti intenti a giocare con l'asino.

Fin qui tutto bene, adesso doveva costruire la storia che ne derivava. La fantasia prese il sopravvento nella mente di Marco animando il suo quadro immaginario, e la sua mano scrisse ad una velocità incredibile per riuscire a star dietro al film che la sua mente stava proiettando.

Decise il protagonista, un bambino che cresceva nella famiglia contadina che, dopo aver ferito gravemente un suo coetaneo che lo prendeva in giro, l'arruolamento nei corpi militari, la guerra, tornava ai campi ferito nel fisico e nell'animo per la morte di tutti i suoi cari.

Il paesaggio dove aveva vissuto la sua infanzia era cambiato, abitazioni bombardate, campi incolti e nessun animale. Questo era il secondo ed ultimo quadro che Marco immaginò e descrisse. Riusciva a sentire gli odori che emanava la campagna prima e dopo la guerra.

Finalmente si scosse dalla situazione passiva in cui era caduto e suo malgrado dovette andare al lavoro visto che oramai era mattina.

Lungo il tragitto ripensò alla nottata appena trascorsa ed a come era stato facile sbloccare la sua fantasia, forse la pittura immaginaria non avrebbe provocato i danni di quella reale.

Ma i quadri nella mente erano come materiali fin nei più piccoli particolari, decise di cambiare pensieri e si concentrò sul lavoro che doveva svolgere quella mattina.

Maria lo chiamò all'ora di pranzo sul cellulare, per sapere come stava e comunicargli che sarebbe tornata tra due giorni.

Marco non voleva svelargli l'accaduto della notte precedente e mentì dicendo che era andato presto a riposare.

Riposare era diventata una parola incomprensibile, visto che come chiudeva gli occhi si ritrovava a trafficare nelle situazioni più disparate, e la spossatezza che lo assaliva non era solo mentale ma anche fisica.

Per lui il riposo era andare al lavoro e avere la mente impegnata in esso, eseguire compiti già delineati dall'esperienza, rispondere agli stimoli con reazioni definite e calcolate, provare sensazioni nel limite dell'umano possibile senza esserne trasportato. Andare a dormire era tutto il contrario, la mente sempre più aperta a tutto il contorno, fare cose mai fatte, esagerare le reazioni agli accadimenti, lasciarsi cullare dalle emozioni e trascinare in fiumi di colore e nubi di musica.

Non poteva continuare così, era una doppia vita che ormai non poteva più sostenere mentalmente, ma non si rendeva conto di viverla e quindi la cosa proseguiva sempre più netta, sempre più divisa.

I due giorni che lo separavano dal ritorno di Maria trascorsero in fretta e la presenza di lei allietò le ore libere dal lavoro distraendolo dalle sue ossessioni. La notte del sabato, dopo la serata trascorsa scrivendo, si coricò con una nuova sensazione di piacevole equilibrio, lo pervase la pace e la quiete mentale come il mare calmo dopo la tempesta.

Non si domandò il perché di ciò, la gustò come un buon caffè dopo il pasto e nel sonno viaggiò su nuvole di chicchi di grano e petali di margherite con il suono di un'armonica a bocca sempre più vicino.

Poi il paesaggio diventò un grande prato dove tutti correvano e si lanciavano una stella che brillava di viola.

Seduto sotto dei ciliegi in fiore, il suonatore d'armonica gli sorrise interrompendo la sua melodia: era lei, la solita figura evanescente.

Trascorse molto tempo prima che i due si parlassero, quasi non ce ne fosse bisogno.

Sapeva perché era lì, o forse credeva di saperlo.

"Marco guarda il viola che ti aspetta corri dentro di esso con tutti tuoi sensi."

Ed il viola lo assorbì e poi un attimo scandì il nuovo.

GLI ALTRI COLORI

Si svegliò di soprassalto con la rabbia che esplodeva dentro, non aveva memoria di altre vite vissute, sapeva solo che aveva raggiunto il limite.

Prese il giaccone dal vecchio attaccapanni, i guanti, il cappello e indossando il tutto in maniera disordinata e frettolosa sbatté la porta di casa. Respirò l'aria umida e fredda che l'inverno aveva disteso sui campi, come un velo impenetrabile dai raggi del sole.

Lo sguardo si disperse sulle colline abitate dagli sparuti vigneti. I rami, nodosi, attendevano con pazienza la potatura.

Anch'egli sentì il bisogno della soppressione dal lordume che la vita gli aveva, suo malgrado, donato.

Strinse il mazzo di chiavi nella mano callosa, la riaprì per guardarle un'ultima volta, quasi a salutarle. Il lancio fu preciso, al centro del corso d'acqua, gonfio delle piogge dei giorni trascorsi.

Il sentiero, tra i campi, con i suoi canali scavati dai trattori, ormai ricordi di un autunno laborioso, gli argini di acciottolati ai lati del torrente, fatiche di un'estate calda e promettente, si seppellivano, ad ogni passo, sotto una coltre infinita di rabbia.

Camminava col bastone in spalla ed un fagotto legato ad una estremità contenente tutto il suo futuro.

Oltrepassò le corti, abbandonate da tempo. L'aia che aveva accompagnato la sua crescita nei giochi adolescenziali non gli inebriava più ricordi. L'aria di feste danzanti di tante mietiture erano effluvi scomparsi per sempre.

Tutto dava la sensazione di una pagina letta e girata, ogni passo cancellava un rigo dal libro che inesorabilmente sarebbe tornato bianco. Era esattamente ciò che Marco anelava, il bianco mentale.

Aveva più volte pensato al suicidio ed aveva anche studiato come impiccarsi attaccato alla carrucola che usava per attingere acqua dal pozzo, ma aveva un terrore irrefrenabile della morte.

Non tanto per l'atto, di per sé violento ma breve, bensì lo spaventava il buio nell'aldilà.

L'impossibilità di vedere la natura che cresce e si riproduce intorno a lui, il sole all'alba che lo sveglia con i suoi raggi, sfiorandogli la faccia, con il suo calore, come piccole carezze di un neonato. Rincorrere d'estate le lepri tra i filari di grano sapendo che mai le potrà raggiungere, sdraiarsi sull'erba, all'ombra dei platani, dissetarsi dal pozzo con l'acqua gelata, ascoltare il canto degli uccelli, fare il verso al tacchino come da bambino, sorridere a crepapelle senza motivo, senza compagnia, senza.

La strada saliva e scendeva, attraversò la vecchia ferrovia. Si fermò su un binario con i piedi per ghermire un eventuale lontano tremore, ma nessun treno passava da lì da più di venti anni.

Si girò, guardò la fattoria compagna da sempre, chiuse l'ultima pagina del suo libro bianco, lo bruciò nella mente, oltrepassò i binari, calò la vecchia sbarra del passaggio a livello e s'incamminò fischiettando. Era un motivo, tornatogli in mente, che cantavano le mondine alle feste della vendemmia, "El Bruno s'en va in città".

Le colline fiancheggiavano la strada stringendola in strette curve che Marco avrebbe potuto tagliare per i campi incolti ma la mancanza di una meta non gli imponeva fretta. Il suo sguardo era oramai dritto avanti a sé, la strada era il filo logico da seguire. Arrivò al bivio che immetteva nel paese. Un vecchio cane gli si avvicinò, annusandolo mosse la coda, quasi l'avesse accettato, e tornò velocemente all'ombra di una vecchia tettoia. Il paese si inerpicava su un colle, le case avevano l'aspetto di un'era passata, le prime persone che incontrò lo rallegrarono con il loro fare gioioso. Entrò nella vecchia taverna che esponeva il cartello "vini da Rolando", ordinò un quarto di rosso e si sedette all'esterno, sulla stretta via, il passaggio delle persone lo attirava. Aveva vissuto troppo a lungo isolato nelle campagne, adesso provava il piacere della compagnia dei suoi simili. Gli era sufficiente vederli indaffarati nelle loro attività per farlo sentire vivo.

Una donna attraente gli passò davanti e soffermandosi lo guardò con attenzione, si sedette accanto a lui senza distogliere lo sguardo.

Il vinaio le portò un bicchiere di rosso. Marco pensò che la donna fosse una cliente conosciuta. Mentre stava per chiederle il suo nome, la donna estrasse dalla borsa delle matite e iniziò a disegnare su un foglio di pergamena.

Il volto di Marco prendeva forma sul disegno e con esso il corpo slanciato avvolto da una natura benevola.

Poi la donna disegnò uno sfondo blu ed immerse il dito nel vino tracciando con esso un vortice che mischiato al colore prese una tonalità viola.

Marco guardava esterrefatto il disegno, cercò di leggere la firma che la donna aveva apposto al dipinto ma non vi riuscì. D'un tratto il suo corpo iniziò a tremare, sempre con maggior violenza, le sedie si sollevarono da terra e così il tavolino, le insegne del vinaio furono assorbite da un vortice così come il sentiero su cui si era incamminato ed il paese tutto fu assorbito in una gigantesca spirale al centro della quale si intravedeva un punto bianco.

Poi il vortice iniziò a girare alla rovescia, decuplicando tutti gli oggetti che incontrava ma coprendoli col bianco che dal centro si dilatava a dismisura, un lampo immenso di luce, poi un altro.

LA DISPERAZIONE

Il piccolo studio era deserto, le finestre socchiuse ed un vago odore di tabacco che impregnava l'aria. Ad un tratto Marco comparve, seduto ed immerso nei suoi pensieri, che febbrilmente trascriveva.

"Non accade niente d'interessante in questa lugubre notte di un inverno qualunque.

Il vento continua a fischiare tra gli infissi di un'altra epoca, quasi a richiamare l'attenzione su di sé.

La pioggia scroscia a tratti, per rimarcare anche la sua presenza. La luce se ne va e torna, creando ansia nell'attesa.

Poi il tuono spacca l'attimo di stasi, la scintilla, le fiamme dal covone di fieno alla stalla, l'intera casa è un braciere ardente. Finalmente accade qualcosa."

Marco chiuse il taccuino, lo ripose nel cassetto della vecchia scrivania di olivo, sorrise alla distesa di libri che la sovrastano e rappresentavano gli anni della sua crescita culturale.

Dagli studi sull'esistenzialismo allo Yoga, dal socialismo all'anarchia, dal materialismo alla spiritualità. Tutto è "da, a".

Nessuna via di mezzo lo attraeva con una forza tale da immobilizzarlo.

Neanche l'esperienza di scrivere che stava affrontando lo magnetizzava in modo definitivo.

Si guardò intorno in cerca di qualcosa di indefinito, un'esca per la sua mente, un amo che lo catturasse definitivamente. Era tutto consuetudine, tutto ripetuto, tutto "niente" fatto forma.

Spense la luce della stanzetta adibita a studio, indossò il vecchio cappotto nero e il piccolo zaino militare ricoperto di scritte e disegni che testimoniavano involontariamente il percorso sociale che Marco aveva attraversato negli anni.

Si incamminò lungo la strada sterrata che attraversava gli ultimi campi coltivati per raggiungere la macchia di cemento che inesorabilmente li stava ingerendo.

Nella piazza lo attendevano i compagni di scuola dediti ai soliti schiamazzi e scherzi innocenti.

"Ce l'hai fatta a arsatti o tu mà t'ha dovuto tirà un secchio d'acqua?"

"È du ore che sono sveglio. Dammi nà sigaretta."

Le solite quattro parole ripetute tutte le mattine quasi a sostituire l'ordinario e ripetitivo "buongiorno", quasi a distinguersi dalla consuetudine sociale.

L'autobus raggiunse il quartiere delle scuole ma Marco non scese, fermata dopo fermata si guardava intorno alla ricerca di un particolare che lo invogliasse a smuoversi dallo stato di apatia in cui si trovava.

Ormai era solo con se stesso. L'autista scese al capolinea per fumarsi una sigaretta e lo osservava incuriosito.

La sua mente non smetteva di ripetersi quegli assurdi versi che si rimescolavano senza ordine né freno:

"M'illumino d'immenso.

M'illumino, sono luce io stesso,

d'immenso, di infinitamente grande!"

Gli era impossibile definire l'immenso nella luce mentale. Poi d'un tratto Marco si decise a scendere, lentamente quasi al rallentatore.

L'autista sorrise e scosse la testa, il cielo era evanescente, l'aria insipida, il traffico blando.

Lungo il marciapiede vide l'ingresso di un cimitero d'altri tempi e vi entrò, posava lo sguardo sulle tombe dei defunti alla ricerca di qualcosa che percepiva con i sensi ma non razionalizzava con la mente.

Il sole faceva capolino tra le nubi ed i suoi raggi lo colpivano con il suo calore.

La luce della ragione era dentro di lui, la percezione dei confini della sua mente era scomparsa, la razionalità aveva lasciato il posto all'infinito.

Prese dallo zaino il taccuino
e scrisse di pugno:

"Giocando e rigiocando
la vita spendo

intanto scorrono i miei
fuggevoli anni,

e solo nel muto vento
l'oblio attendo. Percorro
le vie della mia mente,

cercando l'estasi senza
inganni,

tra la folla, tra la gente,
indifferente. Quella sola
immagine dell'uomo,

sembra rifranger di luce
evanescente,

il tratto labile è ormai dipinto, senza suono.

Finito è il gioco, sol per
chi sente."

Marco attraversò la strada, assorto nei suoi pensieri, sorridente. Un camion passava, il cielo continuava ad essere evanescente, l'aria era ancora insipida, il traffico era immobile, Marco anche.

Per sempre, niente più "da, a".

NEL CIELO

Lo scampanellio della vecchia sveglia a carica resuscitò Marco dai meandri del sonno e lo riportò violentemente alla nuda realtà.

Il sole accennava in lontananza un bieco raggio che non sarebbe riuscito a scaldare la giornata che si ripeteva monotona e solitaria, salvo la compagnia obbligata delle povere mucche che lo attendevano nella stalla.

La neve, oramai, aveva preso il sopravvento e la piccola fattoria distava cinquanta chilometri dal centro abitato più vicino, per non parlare della strada, se così si poteva chiamare quella vecchia mulattiera che la natura aveva inesorabilmente riassorbito, lasciandogli solo un periglioso passaggio che Marco percorreva con la vecchia moto da cross, compagna inseparabile ed unico trofeo rimastogli della sua giovinezza. Il camino nell'angolo della stalla aveva ormai esaurito la catasta di legna, ma le poche faville rimaste, sotto l'ultima legna asciutta, che Marco sacrificò con dispiacere, ridettero vita alla fiamma ed alla giornata appena iniziata.

La colazione, oramai, si limitava ad un bicchiere di latte appena munto, non potendolo consegnare alla centrale non aveva soldi per il cibo ed anche se avesse avuto dei risparmi, al momento non aveva la possibilità di andare in città.

Mungere e cantare, questo gli restava da fare nell'attesa che migliorasse il tempo, sperando che il repertorio delle canzoni che conosceva non si esaurissero troppo in fretta.

Suo fratello aveva ragione quando gli aveva regalato una radio trasmittente, ma la ricerca di una vita naturale, per trovare se stesso, e per non essere distratto dal consumismo, gli avevano imposto di rifiutare ogni comodità, come il generatore di corrente e la pompa per l'acqua.

La legna si era ormai esaurita e la sua mente ripensava a ciò che era diventato, un essere che aveva realizzato i suoi sogni "la vita naturale", a quale costo.

Aveva deluso prima la famiglia, abbandonando la fattoria nel periodo estivo, quando il tempo non bastava per fare tutto il lavoro, poi aveva costretto Grazia, la compagna di una vita , a seguirlo nella sua avventura.

Per più di un anno aveva sopportato le sue lezioni di vita, "l'idealismo di Marco", quante volte gli diceva di scrivere un libro, venderlo e con i soldi vivere da vero consumista.

Forse aveva ragione, forse era solo utopia la sua idea di vita. La fame si faceva sempre più violenta, con i suoi morsi sembrava un lupo intento a sbranargli le interiora.

La sua mente vedeva la vecchia mucca Nina rosolare al fuoco e sentiva l'odore del grasso che si infiammava gocciolando sulle braci.

Un colpo di vento spalancò la porta della vecchia stalla e la neve turbinò nell'ambiente già freddo, le due mucche, sdraiate sull'esile letto di biada ed escrementi, emisero l'ultimo muggito prima di lasciarsi andare ad un sonno senza fine.

Marco si era appisolato in un angolo della stanza, stava gelando, la sua mente gli diceva di indossare dei vestiti, ma lui era convinto di non averne, stava sognando di essere sull'Artico, unico superstite di una catastrofe aerea.

"Ancora la fame si fa sentire e niente da mangiare, neve solo neve.

Forse potrei cercare tra i rottami dell'aereo un po' di cibo, forse potrei mangiare della carne umana, ma non riesco a muovermi.

Se riuscissi perlomeno a dormire la vita fuggirebbe via da me in un sogno alato... già e poi nell'aldilà non prenderò più un aereo!"

La sua mente iniziò un elenco di cose da non fare se mai

fosse tornato alla vita civile: non vivere isolato dalla civiltà, apprezzare il consumismo, occuparsi degli altri, andare d'accordo con i familiari, amare Grazia come parte eccezionale di una società che nonostante tutto può andare.

Una mano sulla sua spalla lo scuoteva energicamente, gli occhi si schiusero con difficoltà.

La voce della donna sembrava un lontano gracchiare, poi il sole dalla finestra lo scaldò a tal punto da doversi scuotere per cercare di riprendersi.

"Marco! Marco!!" continuò
a chiamarlo la voce. "Marco!
Svegliati sono Grazia."

- 	*Grazia! Ma allora l'elenco stava funzionando!* -

La stanza intorno a sé non era altro che una camera di città, la finestra mostrava una giornata pomeridiana e soleggiata.

"Dove sono?" chiese Marco.

"Sei a casa tua, reduce dalla più colossale sbornia che tu abbia preso, dopo il nostro matrimonio!"

"Auguri marito, adesso sbrigati, tra un'ora dobbiamo prendere un aereo." " Un aereo!"

Un barlume di disagio passò per la mente di Marco, ma fu solo un momento. Il volo decollò puntuale dall'aeroporto di Roma Fiumicino diretto in Australia, meta ormai ambita dai due novelli sposi per esplorare i paesaggi tanto ammirati in TV da Marco e per salutare una vecchia amica d'infanzia di Grazia, trasferitasi da molti anni, con la famiglia.

"Alice non si aspetta certo di vederci!" disse Grazia impaziente di fare la sorpresa inaspettata all'amica.

"Sei sicura di avere le indicazioni giuste per trovarla?, o pensi di girare tutta l'Australia chiedendo ai passanti informazioni in italiano, visto che non conosci altre lingue.

Altrimenti puoi andare a "Chi l'ha visto" australiano e chiedere della tua amica!" la prendeva in giro Marco.

Lei le dette un buffetto di rimprovero dicendogli "Ho parlato con sua cugina che abita ancora a Pisa e mi sono fatta dare tutte le indicazioni, compreso il numero di telefono ed e-mail.

Non sono così sprovveduta anche se ho sposato te!"

La risata fu interrotta dall'avviso urgente di allacciarsi le cinture. L'aereo stava perdendo quota rapidamente, Marco strinse in un abbraccio la moglie mentre l'aereo veniva catturato in un vortice viola senza scampo alcuno.

A COLLOQUIO CON SE STESSO

"È giunto il momento di salutarci, hai visto tutto ciò che avresti dovuto vedere alla fine di un percorso di vite terrene che ti avrebbero preparato a esistere in questa dimensione ma per un caso inspiegabile sei arrivato quassù senza averlo terminato, quindi adesso devi riprendere possesso del tuo corpo, che ti aspetta laggiù, e terminare la tua vita materiale riuscendo a ricongiungere la materia al te stesso e viverla in simbiosi senza esasperare né l'una né l'altra forma".

L'entità evanescente parlava e sorrideva.

"Mi stai dicendo che non era la mia vita quella che stavo vivendo?"

chiese Marco terrorizzato.

"No che non lo era, tu hai visto le vite che avresti vissuto se avessi deciso di seguire altre strade. Il dolore lo hai combattuto, affrontato e vinto. Sei riuscito a vivere le esperienze di molte vite in una, cosa rara, ma ancora più raro è che tu sia qui e laggiù contemporaneamente. Credo che ora sia giunto il momento che tu torni dove sei destinato ma con gioia e con un bagaglio mentale che farà di te una persona diversa e pronta, dopo questa vita, a raggiungerci nell'Estasi. Adesso torna da Marco... ciao..Marco!"

E tutto girò come in una giostra lanciata a grande velocità, poi il suono del fine corsa. La mano del medico dell'ambulanza si muoveva con delicatezza su quel corpo nudo sdraiato nel cortile, a caccia di un flebile segno di vita di catturare.

Il corpo inerte giaceva sotto il lenzuolo in attesa dei rilievi di legge.

Marco guardava la scena dall'alto, il suo essere era un lontano bagliore nel cielo che volteggiava in compagnia di una figura di donna sfavillante di mille colori, entrambi dispersi nel viola di un eccelso tramonto, la sua creatura dipinta per un'infinità di volte aveva finalmente raggiunto la perfezione e con lei s'innalzava nell'estasi.

Poi d'un tratto si percepì sdraiato a terra ed un soffio lo accarezzò sulle labbra. Il respiro gli tornò a riempire i polmoni e con meraviglia il medico scoprì il lenzuolo e constatò il battito cardiaco in ripresa.

Uscì dall'ospedale dopo sei mesi, con una stampella che sorreggeva il suo esile corpo martoriato dagli interventi chirurgici.

Il sorriso, che mostrava ciò che rimaneva della sua dentatura, era ormai compagno inseparabile della sua esistenza.

Si diresse alla fermata degli autobus e dopo pochi minuti salì sulla corriera che lo avrebbe portato al suo studio-dimora.

Il padrone di casa lo aveva sfrattato e le sue cose erano ammonticchiate in una piccola cantina che gli mostrò il nuovo inquilino.

Fortuna volle che tutte le sue tele fossero ancora lì.

Prese con sé solo l'ultima tela, "La donna nel viola" così l'aveva chiamata.

Si incamminò verso la stazione, prese un treno.

Scese a Firenze e si diresse verso il Ponte Vecchio.

Era certo ormai della sua destinazione, entrò in una galleria vicino a Palazzo Vecchio e chiese del Maestro Venanzi. La segretaria lo guardò con fare sospetto e mentre pensava ad una scusa con cui allontanarlo il Maestro fece la sua comparsa.

Si presentarono e Marco mostrò il suo quadro all'artista.

L'artista ne rimase stupito e volle conoscere tutte le vicissitudini di Marco. Marco affascinava Venanzi per la sua vita da bohémien dei primi del Novecento, ma ne era anche preso per la sua arte convincente ed innovativa, curata e pulita nel colore e decisa nel tratto, esattamente come piaceva a lui. Marco chiese al Maestro se poteva acquistare il quadro, in quanto essendo uscito dall'ospedale non aveva con sé altro che la fame, questi accettò e diede il doppio del poco denaro richiestogli. Dopo essersi salutati Marco si diresse ad una trattoria e ordinò un'abbondante porzione di Lampredotto, anche se non sapeva bene cos'era sentiva dentro di sé la curiosità di assaggiarlo.

Non fu deluso dalla sua scelta.

Dormì in stazione e la mattina prese il treno che lo condusse a Castelfiorentino. Ciò che muoveva le sue decisioni era insormontabile, ogni suo atto risultava incontrastabile. Le gambe lo condussero in campagna tra strade e viottoli a lui sconosciuti. Marco proseguì il suo cammino tra campi e vigne risplendenti dei colori primaverili. Si sedette all'ombra di una quercia ed immerse i piedi nel rigagnolo d'acqua che scorreva lambendo le sue radici. Lo sguardo fu rapito dal volo di una farfalla che, vanitosa, si posò su una margherita al suo fianco, mostrando la bellezza dei colori delle sue ali in tutta la sua magnificenza. Marco per la prima volta da quando era uscito dall'ospedale ebbe una sensazione chiara dentro di sé di pura beatitudine. Chiuse gli occhi e si rilassò al tepore dei raggi del sole.

In trasparenze vedeva attraverso le palpebre il reticolo di vene che le attraversava, più scure del rosso scuro delle palpebre stesse, così sempre più scure che sembravano catene che attanagliavano gli occhi. Poi in fondo un puntino nero, forse un piccolo neo, pensò Marco, ma si espandeva sempre di più.

Marco cercò di aprire gli occhi ma si accorse che era inutile, il suo corpo non rispondeva ai comandi della mente, allora decise che era meglio desistere e lasciare che la natura avesse il sopravvento.

Si addormentò con l'immagine del puntino nero che si dilatava nella mente, sprofondò nella sensazione appagante del nulla e lì rimase, per sempre.

Il quadro che Marco aveva venduto era in vetrina nella galleria dell'artista Venanzi. Un giovane studente della Scuola d'Arte di Firenze era assorto ad ammirarlo, con lui l'amata compagna. Le stava spiegando che ci riscontrava un'affinità con un quadro di Van Gogh in cui l'artista ha dipinto un campo viola contrapposto al giallo del cielo delle spighe di grano.

Il contadino che vi è raffigurato non è al centro del dipinto che è invece occupato dalla visione del sole, accecante.

L'andamento delle pennellate simula i raggi e anche il campo ha un andamento leggermente tondeggiante, come se dall'astro si sprigionasse una forza benefica, vivificante, che coinvolge tutto.

Poi il quadro divenne un vortice viola che assorbì il quadro ed il giovane studente, lasciando la ragazza da sola.

Venanzi assistette incredulo alla scena dalla vetrina della galleria, pensando che in fondo il quadro scomparso non lo aveva pagato molto.

Lesse il cartello di presentazione che aveva posto sotto al quadro:

Presentazione dell'Artista

MARCO VIOLA

- Nonostante gli studi tecnici ed il suo operare nel commercio, la passione nata fin dall'infanzia non lo ha mai lasciato.

Collabora con il Museo Studio del maestro Ernando Venanzi che lo coinvolge in mostre a Firenze, Forte dei Marmi, Marina di Massa.

Il lento progredire della pittura neoclassica attraverso la nuova figurazione lo porta ad esprimersi oggi in questo nuovo stile, già in uso di altri artisti.

Lui non lo accetta passivamente, bensì lo carica di altro senso emotivo, quasi che ogni singola particella sia in continuo movimento, evolvendosi in nuove forme che portano dentro di sé la memoria di oggetti provenienti da questa dimensione.-

- Chissà in quale altra dimensione si spostano gli oggetti oltre che la memoria delle forme!-

Finito di stampare nel mese di Maggio 2015
per conto di Youcanprint *Self - Publishing*

www.ingramcontent.com/pod-product-compliance
Lightning Source LLC
LaVergne TN
LVHW091616170726
843492LV00007B/2450